人間失格

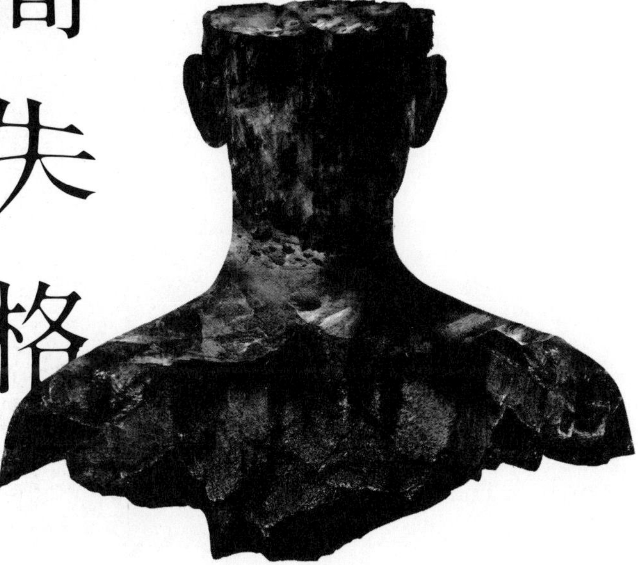

太宰治

高詹燦——譯

Dazai Osamu

にんげんしっかく

目錄

編輯室報告……005
人間失格……015
Goodbye……177

《人間失格》編輯室報告

每年六月十九日，一眾男女會聚集在日本三鷹的禪林寺，供上櫻桃，悼念太宰治的離世。在日本作家中，太宰治是特別的存在。尤其在年輕書迷心中，每個人總會認為最理解太宰者，非自己莫屬，並且各自有一套對其人其作品的獨到詮釋。

對生長在太平盛世，做任何事皆遍尋不著人生意義的年輕人來說，太宰治有一種與自己靈魂相碰撞的魔力。讀《斜陽》或〈人間失格〉總有種「這豈不是在寫自己活著的處境？」的真實感。為何這名與家人斷絕關係、吸毒、小白臉專業戶、數次自殺未遂，最後與情婦投河自盡的軟弱男人所寫下的文字，直至今日，仍有不少人為之傾倒，廣受追捧？

這是怎樣的一種魔力？太宰的文字彷彿身在亡者之國不斷向生之國度的眾生喊話：我是這樣活過的，我懂你；這世界是偽善的，我們不得不戴著假面活著，但其實我們是同類。

後期的太宰治作品，傑作頻現（一般後期作品指從戰後一九四五至四八年，即死前三年所創作的作品），如《斜陽》、〈人間失格〉、〈維榮之妻〉、〈櫻桃〉等充斥著陰暗、頹廢、荒蕪、自私等特質，正是這些——亦即向世界展現自身的軟弱部分——「絕望的負能量宣言」引起讀者共鳴，也是他想要藉此揭穿偽善、打擊社會傳統道德、禮法的至要關鍵。而太宰治的自殺，也是這一連串自我否定、自我破壞的內在必然過程（巧的是，三島由紀夫最後也以自決作為他意志的最終展現）。

本書還原初版《人間失格》（筑摩書房）的內容，收錄了太宰後期文學兩大代表作之一〈人間失格〉，及一篇未完成的小說遺作〈Goodbye〉。

一九四八年五月，太宰治完成〈人間失格〉後，旋即著手撰寫預計在《朝日新聞》上連載的小說〈Goodbye〉，共寫了十三回。同年六月十三日，與情婦川崎富榮走出工作室，投玉川上水自殺。死後《人間失格》單行本才正式出版。

〈人間失格〉裡頭關於人性探討、自我剖析，深深觸動讀者，再加上與作者自身傳奇的身世重疊，讓該作品宛如是留給世人的遺書。有趣的是，堪稱最後遺作的〈Goodbye〉，從文章名看來，才更像遺書。然而實際上，這是一部幽默諷刺小說，講述主人翁偕同一名容貌美若天仙，說話卻像烏鴉叫，擁有天生怪力的女子，聯手去找女友們談分手，這般看似無厘頭、顛覆社會常識的故事。評論家奧野健男給予極高的評價，認為是太宰治寫完畢生大作〈人間失格〉後，卸下重擔，寫出了日本文學史上前所未有的幽默諷刺小說，筆調輕盈、明朗，可謂是虛無主義、頹廢走到極致後的再進化。若作者仍在世，或許太宰文學會開創出另一番局面。

原以為太宰寫完沉重的曠世傑作，心情上有所抒發，才能轉身寫起如此輕鬆明快的作品。可惜他卻突然說再見了。在〈Goodbye〉開頭，作者曾寫過這麼一句：「人生盡是再見」。隨時都準備好了，我們無時無刻都活在惜別之情中。或許《人間失格》不是他僅有的遺書，從處女作《晚年》開始，所有作品都是遺書。是太宰時時從亡者國度向陽世眾生的喊話。

太宰治（左二）與二姊トシ（發音toshi，中）、幼弟禮治（右一）於青森縣津輕郡金木村老家前合影。

太宰治（後排左）與幼弟禮治（前排左），以及青森中學北鄉會（出身北津輕郡同鄉）合影。

左手托腮沉思、一臉憂鬱的神情，是太宰治最為人所知的招牌動作。

人間失格

前言

我曾見過那男人的三張照片。

第一張照片應該是他幼年時代，推斷約莫十歲左右的年紀，那孩子被眾多女性前後簇擁（推測應該是他的姊妹，或是堂姊妹），身穿粗條紋和服褲，站在庭園池畔旁，腦袋左偏約三十度，難看地笑著。難看？不過，就算那些感覺遲鈍的人（亦即對美醜向來不甚關心的人）以平淡無趣的表情，說出「這男孩真可愛」之類敷衍的客套話，也不至於會讓人覺得是虛偽的恭維，從孩子的笑臉中，倒也非完全看不出世人所謂的「可愛」。然而，受過一丁點美醜訓練的人，只要看這張照片一眼，也許會頗感不悅地說一句「這孩子長得真不討喜」，隨手將照片往外扔，就像拂去身上的毛毛蟲一般。

那孩子的笑臉，愈看愈讓人感到莫名陰森。那根本就稱不上笑臉，那孩子完全沒笑，他那緊握的雙拳可證明一切，沒有人會一面握拳一面微笑。是猴子，那是猴子的笑臉，只是臉上擠滿醜陋的皺紋罷了。就是如此古怪、醜惡、看了渾身不舒服的表情，教人很想說他是「臉皺成一團的小鬼」。我從未見過表情如此詭異的小孩。

他第二張照片的長相，有令人驚訝的重大變化。一身學生裝扮。雖不清楚是高中時代，還是大學時代的照片，但確實是位相貌俊秀的學生。同樣不可思議的是，感覺他沒半點人味。他身穿一襲學生制服，白色手帕露在胸前口袋外，雙腿交叉坐在藤椅上，臉上還是帶著微笑。這次已不是滿臉皺紋的猴子笑臉了，而是很有技巧的微笑，又與常人的微笑有一種說不出的差異。不知該說是欠缺生命的重量，還是少了人味，絲毫沒這樣的充實感。不像鳥，而是像鳥的羽毛，輕盈得猶如一張白紙，就是這樣的微笑。換言之，他徹底給人矯造之感。說他矯揉造作也不是，說他輕浮也不對，說他陰陽怪氣也不貼切，說帥氣，當然更是相去甚遠。仔細端詳後，會從這名男學生身上，感受到某種近乎怪談的森然之氣。我從未見過表情如此詭異的俊美青年。

第三張照片最為古怪。完全無從揣測其年紀。他頭髮已略見花白，在一間骯髒不堪的房間（照片清楚拍出房內牆壁有三處剝落）角落，雙手伸向小小的火盆烤火，這次臉上沒有笑容，面無表情。彷彿他坐著雙手伸向火盆，就這麼自然地死去，當真是一張觸人霉頭、充滿不祥氣氛的照片。奇怪的不只這些。照片中對臉部做了放大特寫，因此我得以仔細端詳他的長相。我發現他不論是額頭、額上的皺紋、眉、眼、鼻、口、下巴，全都平凡無奇，這張臉非但沒有表情，甚至讓人留不住印象。沒半點特色可言。舉例來說吧，當看完照片閉上眼，我便已將那張臉忘得一乾二淨。雖然還記得房內的牆壁和小火盆，但房內主角的長相卻陡然煙消霧散，怎麼也想不起來。無法描繪出那張臉的圖畫，也無法將它畫成漫畫。睜開眼再看過之後，甚至不會有「啊，原來是長這樣，我想起來了」這樣的喜悅。說得更極端些，縱使睜眼再看一次照片，同樣喚不起記憶。只會讓人感到悒悒不樂、焦躁難耐，最後甚至想別過臉去。

即便是所謂的「死相」，應該也比它更有表情，更令人印象深刻吧。倘若將馬頭硬裝在人的身軀上，或許就是這種感覺。總之，任何人看了，總會莫名感到心底發毛，渾身不舒服。我從未見過長相如此詭異的男子。

第一手札

回首前塵，盡是可恥的過往。

對我而言，人類的生活無從捉摸。我出生於東北的鄉間，一直到年紀稍長之後，才初次見識火車。我在火車站的天橋爬上爬下，完全沒察覺這是為了供人跨越鐵路所建造，滿心以為是為了讓車站像國外的遊樂場一樣有趣又新潮，所特別打造的設施。而且有很長一段時間，我都如此深信不疑。對我來說，在天橋裡上上下下，是很特別的遊戲，還認為是鐵路公司最設想周到的服務之一。日後我發現天橋不過是功能性的設施，純粹供旅客跨越鐵路之用，登時大感掃興。

此外，我孩提時在繪本上見過地鐵，始終認為那不是為了實際需求所想出的設計，而是因為在地下坐車別出心裁，別有一番樂趣，遠勝於在地面上坐車。

我從小就體弱多病，常臥病在床，我躺在床上總想著，這些床單、枕頭套、被套，是多麼單調無趣的裝飾品，直到年近二十，才得知這一切竟然也都是功能性用品，不禁心中黯然，對人類的儉樸感到悲從中來。

還有，我不懂什麼叫餓。不，這並非意指我生長在衣食無缺的家庭，我可沒這種愚蠢想法，我是真的不懂「餓」是怎樣的感覺。這句話聽來有些奇怪，但我就算肚子空空如也，也渾然未覺。小學、國中時，每次一回到家中，周遭的人們總會七嘴八舌地說著「肚子餓了吧」，我們也都還記得，從學校回來後，總是特別餓，「吃點甜納豆吧？也有蛋糕和麵包哦」，而我也會發揮天生喜歡討好人的精神，嘴裡說著「我肚子餓了」，順手把十顆納豆送進嘴裡。我完全不懂餓究竟是何種滋味。

當然，我的食量也不小，但我不記得自己曾經為餓而吃。我吃人們眼中的「珍饈」，還有「豪華大餐」。到外頭用餐時，我也會勉強自己吃。就兒時的我來說，最痛苦的時刻莫過於家中的用餐時間。

我在鄉下的老家，用餐時一家十幾口全員到齊，各自的飯菜排成兩列，迎面而坐，我身為家中老么，坐在末座。用餐的房間裡燈光昏暗，午餐時，一家十幾口人全部沉默不語地扒著飯，那光景總令我感到一股寒意。老家是個守舊的鄉下家庭，菜色幾乎都一成不變，別指望會有什麼珍饈或是豪華大餐，所以更令我視用餐為畏途。在昏暗的房間裡，我坐在餐桌末座，因寒冷而全身打顫，一點一點地將飯塞進口中，心中暗忖，人為何每天都得吃三餐不可呢？每個人用餐時都一臉嚴肅，宛如某種儀式般，一家人每天三次準時聚在昏暗的房間裡，井然有序地擺好飯菜，即便毫無食欲，也得低頭默默嚼著米飯，這也許是向潛伏於家中的亡靈祈禱的一種儀式。

「人不吃飯就會死」這句話聽在我耳裡，不過是一種討厭的恫嚇。然而，這個迷信（至今我仍覺得它像是某種迷信）卻總是令我惶恐不安。因為人們不吃飯就會死，所以才必須工作、吃飯。對我來說，再也沒有比這更艱澀難懂、更令人備感威脅的話語了。

換言之，我對人類的行為，至今仍是無法理解。我與世人的幸福觀似乎大相逕庭，這份不安甚至令我夜夜輾轉難眠、暗自呻吟，幾近發狂。我到底算不算幸福呢？從小人們就常說我幸福，但我總覺得自己置身地獄，反而是那些說我幸福的人，過著安樂的生活，遠非我所能比擬。

我甚至認為自己背負著十個災禍，其中隨便一個交由旁人來背負，恐怕都足以令人喪命。

我實在不懂。旁人痛苦的性質和程度，我完全無從捉摸。那些實際的痛苦，只要有飯吃就能解決的痛苦，也許才是最強烈的痛苦，是淒絕的阿鼻地獄，足以將我那十個災禍吹跑。是否真是如此，我不知道，不過，他們竟然沒自殺、沒發瘋、闊談政治而不絕望、持續與生活搏鬥而不屈服，難道他們不會痛苦嗎？他們澈底變得自私自利，而且視其為理所當然，難道從未懷疑過自己？如果真是這樣，那確實輕鬆，可是，不是每個人都如此，以此視為滿分的目標吧？我不明白……他們夜裡睡得香甜，一早醒來神清氣爽是嗎？

做了哪些夢呢？會邊走路邊想事情嗎？想著錢的事嗎？不會只有這樣吧？我曾聽說過「人為食而生」，卻從未聽過人是為錢而活，不，雖然有時候也……我還是搞不懂，愈想愈迷糊，這令我益發困惑不安，彷彿這世上只有我是異類。我幾乎無法和旁人交談。因為我不知道該說什麼，或怎麼說才好。

於是我想到一個好方法，那就是搞笑。

那是我對人類最後的求愛。儘管我極度恐懼人類，卻始終無法對人類死心斷念。於是我藉著搞笑這條細線，與人類繫在一起。我表面上總是笑臉迎人，內心卻是卯足了全力，在成功率千分之一的高難度下，如履薄冰，冷汗直流，提供最周全的服務。

從小，就算是自己家人，我也猜不出他們有多痛苦，腦子裡想些什麼，我只覺得害怕，無法忍受那尷尬的氣氛，就此成了搞笑高手。換言之，我在不知不覺中成了一個說話從不吐實的孩子。

看我當時和家人合照的照片便可發現，其他人全都一臉正經，唯獨我表情歪斜地笑著。這也是我既幼稚又悲哀的搞笑方式。

不論家人對我說什麼，我從不頂撞。他們小小的批評，我卻覺得如同閃電霹靂般強烈，幾乎令我發瘋，別說頂嘴了，我甚至認為他們的批評肯定是人類自古一脈相傳的「真理」，我沒有實踐真理的能力，恐怕已無法和人類共處。因此，我無力反駁，也無法為自己辯解。一旦受人批評，我便覺得對方說的一點都沒錯，是我自己想法有誤，總是默默承受對方的攻擊，內心承受著幾近狂亂的恐懼。

受人責備或訓斥，可能任何人心裡都會覺得不是滋味，但我從人們生氣的怒臉中，看出比獅子、鱷魚、巨龍還要可怕的動物本性。平時他們似乎都隱藏著本性，但一有機會，就會在暴怒之下，突然暴露出人類的可怕本性，就像在草原上歇息的溫馴牛隻，冷不防甩尾拍死停在腹部上的牛虻一樣，這一幕總是令我嚇得寒毛盡戴。想到這種本性或許也是人類求生的資格之一，就讓我感到無比絕望。

對人類，我始終心懷恐懼，膽戰心驚，而對於自己身為人類一員的言行，我更是毫無自信，總是將煩惱埋藏心中，一味掩飾我的憂鬱和敏感，偽裝出一副天真無邪的樂天模樣，逐漸將自己塑造成一個搞笑的怪人。

怎樣都好，只要能逗人笑就行了，如此一來，就算我置身於人們所謂的「生活」之外，他們應該也不會太在意。總之，我絕不能讓他們看了礙眼，我是「無」、是「風」、是「空」。這樣的想法愈來愈強烈，我搞笑逗家人開心，對那些比家人更可怕、更神祕莫測的男傭和女傭，我也極力提供搞笑的服務。

夏天時，我在浴衣裡頭穿紅色毛衣，走在走廊上，引家裡的人發笑。連平時不苟言笑的大哥見了，也不禁噗哧一笑。

「小葉，這樣穿很奇怪耶。」

他的口吻充滿疼愛。我也知道不該在盛夏時穿著毛衣四處晃盪，我可不是個連冷熱都分不清的怪人。其實我是把姊姊的毛線襪套套在手臂上，並從浴衣的袖口露出一截，讓人以為我身上穿了件毛衣。

家父人在東京，公務繁忙，在上野的櫻木町有座別墅，整個月大半時間都住在東京的別墅裡。返回老家時，總會買許多禮物送給家人和親友們，這可說是家父的嗜好。某次家父在返回東京的前夕，將孩子們召集到客廳裏，面帶微笑地詢問每個孩子，希望他下次回來時帶什麼禮物好，然後把孩子們的答覆一一寫在記事本上。家父難得與孩子們這般親近。

「葉藏（大庭葉藏），你呢？」

經這麼一問，我一時無言以對。

他問我要什麼，一時間，我反而什麼都不想要。腦中有個念頭閃過——怎樣都好，反正這世上沒有任何東西可以讓我快樂。同時就另一面來說，別人送我的東西，無論多麼不投我所好，我也不會拒絕。對討厭的事不敢明說，對喜歡的事，也像偷東西似地戰戰兢兢，在那痛苦的滋味以及難以言喻的恐懼下備感苦悶。換句話說，我沒有抉擇的能力。我想，日後我的人生之所以盡是「可恥的過往」，可說正是這樣的個性使然。

家父見我悶不吭聲，神情忸怩，登時臉色一沉。

「還是想要書對吧？淺草的商店街有人賣過年舞獅的玩具，大小很適合小孩戴在頭上玩，你不想要嗎？」

一旦被問到「你不想要嗎？」這句話，我只能舉手投降。我無法用搞笑的方式回答。身為一名搞笑演員，我澈底不及格。

「還是買書吧。」大哥一臉正經地說道。

「是嗎？」

家父一臉敗興的神色，連寫都不寫，便將記事本闔上。

這是何等嚴重的敗筆，我竟然惹惱了父親，他一定會對我展開可怕的報復，難道不能趁現在趕快想辦法挽回嗎？當天夜裡，我在被窩裡簌簌發抖，一直想著這些事，接著我悄悄起身前往客廳，打開家父收放記事本的抽屜，拿起記事本迅速翻頁，找到他抄寫禮物的地方，朝鉛筆舔了一下*，寫上「舞

*以前的鉛筆筆芯，前端有蠟，所以舔過口水之後比較好寫。

獅」後，才上床睡覺。其實我一點都不想要什麼舞獅，我寧可要書。但我察覺家父想買舞獅給我的念頭，為了迎合家父的心意，討他開心，我特地深夜冒險潛入客廳。

而我這招非常手段，果然如預期般的成功，辛苦有了回報。不久後，家父從東京返家，我人在孩子們的房間裡，聽到他朗聲對家母說道：

「我在商店街的玩具店裡打開記事本一看，這裡竟然寫了『舞獅』兩個字。這不是我的字。我納悶了一會兒，後來馬上想到是怎麼回事。這是葉藏的惡作劇。先前我問他的時候，他笑而不答，後來卻想要得不得了。真是個怪小子。他假裝不知道，卻又清楚地寫在上面。既然這麼想要，早說不就得了。我在玩具店裡看了哈哈大笑，快去把葉藏叫來。」

另一方面，我在房間裡召集了男傭和女傭，叫一名男傭朝鋼琴亂彈一通（老家雖地處鄉下，但大部分的東西，家裡應有盡有），我則是配合他那不成章法的曲調，跳著印第安舞，令眾人捧腹大笑。二哥用鎂光燈拍下我跳印第安舞的模樣，待照片洗好後一看，發現腰布（其實是一塊花布包巾）的接縫處露出了我的小老二，更是惹得全家老小笑岔了氣。對我而言，這或許可說是一次意外的成功。

我每個月都會訂購十幾本剛上市的少年雜誌，也還會向東京訂購各種書籍，默默閱讀，不論是《亂七八糟博士》，還是《什麼東東博士》，我都如數家珍，還有怪談、評書、落語、江戶趣談，我也樣樣精通，所以我常一本正經地說些俏皮話，逗家人發笑。

然而，說到學校，實在令人感慨！

我在學校裡相當受人尊敬。受人尊敬這個概念，同樣令我畏怯不已。近乎完美地欺騙眾人，然後受某個無所不知的智者識破，被修理得體無完膚，出乖露醜，生不如死——這就是我對「受人尊敬」此種狀態所下的定義。儘管欺瞞眾人，獲得「尊敬」，但還是有人看穿這套伎倆，不久，當大家從此人口中得知真相，發現自己受騙時，那時他們的憤怒和復仇不知有多可怕。

我光是想像，便全身寒毛盡戴。

我在學校裏受人尊敬，並非因為我出身有錢人家，而是因為我是眾人口中的「傑出人物」。我自幼體弱多病，常常一請假就是一、兩個月，甚至曾在床上躺了將近一整個學期，沒到學校上課，但我拖著大病初癒的身軀，坐人力車到學校參加期末考，最後成績竟然比班上任何人都來得「傑出」。我身體狀況完好時，也完全不用功，到學校上課，盡是看漫畫書，休息時間向班上同學講述漫畫內容，逗大家發笑。在作文方面，我老是寫滑稽的事，儘管被老師警告，我還是不改作風。因為我知道，其實老師暗地裡也以欣賞我的滑稽小品為樂。某日，我還是老樣子，以狀甚悲戚的筆調，將家母帶我搭火車上東京途中，我朝車廂通道上的痰盂撒尿的醜事（不過，我當時倒也不是不知道那是痰盂。我是為了展現孩子的天真無邪，才故意那麼做）寫成文章交給老師，自信一定能讓老師忍俊不禁，所以我悄悄跟在走回教師辦公室的老師身後，發現老師一走出教室，立刻從其他同學的作文中挑出我那一份，開始在走廊上邊走邊看，呵呵輕笑。不久，他走進教師辦公室，也許是正好看完，只見他滿臉紅光、朗聲大笑，還馬上拿給其他老師看，我見到這一幕，感到心滿意足。

淘氣。

我成功地讓人視此為「淘氣」。成功地擺脫受人尊敬的束縛。我聯絡簿上每項科目都是滿分十分，唯獨操行有時七分，有時六分，而此事也成了全家人的笑柄。

然而，我的本性卻與這樣的淘氣形成強烈對比。當時，女傭和男傭們教我明白那件悲哀的事，侵犯了我。我至今仍舊認為，對年幼的孩童做這種事，在人類所犯的惡行中最為醜陋卑劣，堪稱是一種殘酷的犯罪。但我全都忍下，我只覺得從中又看出人類的另一種特質，無力地笑著。倘若我有說真話的習慣，也許我就會理直氣壯地向父母揭露他們的罪行，但我並不全然了解自己的父母。我對於「向人訴苦」這個方法，不抱一絲期待。不論是向父母訴苦、向警察訴苦，抑或向政府訴苦，最後還是只能聽那些深諳處事之道的人們，以通情達理的藉口，滔滔不絕地說個沒完。

我知道結果一定有所偏頗，向人訴苦終究是白費力氣，我只能選擇隱忍，不說真話，繼續搞笑。

也許有人會嘲笑我：「什麼嘛，你的意思是，你不相信人類囉？你什麼時候成了基督徒？」但不相信人類，未必就表示我走向宗教之路。事實上，連同嘲笑我的人在內，人類不都是在彼此懷疑猜忌下，絲毫沒將耶和華放在心裡，若無其事地度日嗎？小時候，家父所屬政黨的一位名人來到老家鎮上演講，一名男傭帶我前去劇場聽講。當時座無虛席，而且鎮上與家父熟識者也全都到場，眾人熱烈地鼓掌。演講結束後，聽眾三五成群地走在下雪的夜路，踏上歸途，將今晚的演講評得一文不值。當中有人與家父交誼匪淺。家父的「同志們」以近乎怒吼的口吻批評家父的開場致詞拙劣，而那位名人的演講更是不知所云。接著，這群人順道來到我家，坐進客廳，一副開心的模樣，對家父說今晚的演講極為成功。就連男傭們也一樣，家母問他們今晚的演講如何，他們竟然也臉不紅氣不喘地回了一句「非常有趣」。他們在回家的路上，明明互相嘆息道：「再也沒有比演講更無趣的事了。」

這不過是個微不足道的例子。相互欺瞞，而且神奇的是，雙方都毫髮無傷，就像沒發現彼此在互相欺騙似地，這種鮮明、純潔、開朗、燦爛的不信任案例，在人類生活中俯拾皆是。不過，我對相互欺騙這件事沒多大興趣，因為我自己從早到晚也是藉由搞笑來欺騙他人。我對公民課本上的正義或道德漠不關心。互相欺瞞，卻又能過著聖潔、開朗的生活，或是滿懷自信度日的那些人，我實在無法理解。人類終究還是沒能讓我明白箇中的奧妙。要是我能明白，想必就不會如此懼怕人類，也不必卯足全力討好他們，更不必與人類的生活對立，夜夜遭受地獄般的痛苦折磨。換句話說，我之所以沒向任何人揭露那些男傭和女傭的可恨罪行，並非因為我不信任人類，也不是因為我信奉基督教義，而是因為人們對名叫葉藏的我，緊緊闔上了信任的外殼。

就連父母也時常展現出令我百思不解的一面。

但我那無法向任何人訴苦的孤獨氣味，卻被許多女性憑藉本能而嗅出，這可能就是日後我常被女人乘虛而入的誘因之一。

也就是說，就女人而言，我是個守得住戀情祕密的男人。

第二手札

在靠近大海，幾乎可說是海岸線的岸邊，並排聳立著二十多株樹皮黝黑的高大山櫻樹。每當新學年開始，山櫻樹便以蔚藍的大海為背景，在看似黏稠的褐色嫩葉陪襯下，綻放絢爛花朵。不久，來到櫻花雨飄降的時節，花瓣翩翩散向大海，點綴著海面，隨波蕩漾，隨著浪潮再次湧向海岸線。東北的某所中學，直接以那滿地櫻花的沙灘充作操場使用，我沒好好用功，也沒認真應考，卻順利考進這所學校就讀。這所中學的校帽徽章和制服的鈕扣，都印有盛開的櫻花圖案。

我有一門遠親就住在這所中學附近，因為這層緣故，家父替我挑選了這所有大海和櫻花的中學。我寄宿在那位親戚家，由於學校近在咫尺，我成了一名懶散的中學生，聽到朝會的鐘響後，才快跑上學，不過，藉由搞笑的本領，我在班上的人氣日益攀升。

這是我有生以來第一次離鄉生活，卻覺得人在他鄉遠比在故鄉來得自在。這或許可解釋成因為我搞笑的本事已逐漸爐火純青，要騙人已不像以前那般吃力，但家人與外人、故鄉與他鄉，這當中難免會有演技的難度差異，不論哪個天才，就算是上帝之子耶穌，也同樣會遇上。就演員而言，最難表演的場所莫過於故鄉的劇場，而且是在親朋好友齊聚一堂的情況下，任憑再厲害的名伶，想必都施展不出演技吧。但我卻一路扮演這種角色，而且還相當成功。像我這樣的能手，到外鄉表演，自然萬無一失。

我對人類的恐懼，與過去相比，有過之而無不及，在心中激烈地翻湧，但我的演技卻日益精進。在教室裡，我總是逗同學發噱，就連老師也說「這個班要是沒有大庭，應該會是個好班」一邊嘆息，一面掩嘴竊笑。就連那些嗓門如雷的教官，我也能輕鬆逗他們噗哧大笑。

我以為已澈底掩飾了自己的真面目，正想鬆口氣時，卻有人冷不防從背後刺了我一刀。從背後刺我一刀的這名男子，模樣稀鬆平常，體格在班上最為瘦弱，五官蒼白浮腫，穿著一件像是他父親或兄長留給他的舊上衣，長長的袖子，讓人聯想到聖德太子。他的功課一塌糊塗，軍訓課和體操課總是在一旁觀看，活像個白痴，連我也認為不必對此人抱持戒心。

某日上體操課時，那位名叫竹一的男學生（他姓什麼，我已不復記憶，只依稀記得他叫竹一）仍一如往常，在一旁見習，我們則是進行單槓練習。我故意擺出一本正經的表情，大喊一聲，朝單槓衝去，像跳遠般往前猛力一躍，結果卻一屁股跌坐在沙地上。這次的出糗全在我的計畫之中。眾人捧腹大笑，我自己也苦笑著站起身，拂去褲子上的沙子，這時，竹一不知何時已來到我身邊，伸指戳了戳我的背，低聲對我說道：

「你是故意的。」

我大感震驚。我刻意佯裝出糗，竟然會被竹一識破，當真出乎我意料之外。感覺就像世界剎那間被地獄之火包圍，烈焰熏天，我幾欲放聲大叫，精神崩裂，但我極力自持。

接下來的日子，我充滿不安與恐懼。

表面上，我依舊扮演著可悲的滑稽角色以博取眾人一笑，有時卻又忍不住發出沉重的嘆息。不論我再怎麼做，都已澈底被竹一看穿，再過不久，他一定會四處向人說出這個祕密。一想到此事，我的額頭便冒出豆大的汗珠，露出像瘋子般的怪異眼神，心虛地四處張望。如果可以，我甚至想早、中、晚二十四小時寸步不離地監視竹一，以防他洩漏祕密。我甚至在心中盤算，我如影隨形的這段時間，會用盡一切努力，讓他相信我的搞笑並非「刻意造假」，而是真有此事，如果順利的話，我還想成為他獨一無二的好友。倘若這一切都不可行，那只能祈禱他早日喪命了。不過，我並沒有要殺他的念頭。在我過往的人生中，曾多次期望有人殺了我，但從未想過要殺人。因為那樣做，反而只會讓可怕的對手得到幸福。

為了收伏他，我臉上堆滿猶如假基督徒的「親切」媚笑，頭部左傾約三十度，輕摟他瘦小的肩膀，不時以肉麻的甜美聲音邀他到我寄宿的住處一遊，但他總是流露茫然的眼神，沉默不語。某天放學後，記得是初夏時節，傍晚下起一陣大雷雨，學生們個個都不知該如何返家，我因為住處離學校近，不以為意，正想往外衝時，驀然發現竹一呆立於鞋櫃後，於是我對他說：「跟我回家吧，我借你傘。」就此一把拉著怯生生的竹一，一起在大雨中快跑。抵家後，我請嬸嬸替我們烘乾上衣，成功地帶竹一走進我位於二樓的房間。

這間屋子住著三口人，分別是年過五旬的嬸嬸、年約三十，戴著一副眼鏡，似乎有病在身的高個子大女兒（她曾經嫁作人婦，後來又回娘家長住。我也和家裡的人一樣，管她叫大姊），以及剛從女校畢業，與她高個子的姊姊一點都不像，個頭嬌小外帶一張圓臉的小女兒，名叫小節。她們三人在一樓的店面販售文具和運動用品，但主要收入還是靠已故叔叔留下的五、六棟長屋收來的房租。

「耳朵好痛。」竹一站著說道。「只要一淋到雨就會痛。」

我仔細一看，他兩隻耳朵都患有嚴重的耳漏，膿水就快流出耳廓外了。「這怎麼行呢。很痛吧？」我誇張地說道，故作震驚貌。「都是我在大雨中拖著你跑，對不起喔。」

我用女人的口吻說話，「溫柔」地道歉，接著我下樓取來棉花和酒精，讓竹一枕在我的膝蓋上，細心地為他清理耳朵。竹一似乎也沒察覺這是我偽善的詭計，只見他枕在我膝蓋上，說著愚蠢的恭維話。

「日後一定會有女人迷上你。」

然而，很久以後我才知道，竹一不經意的一句話，竟然就像惡魔的可怕預言。

不論是迷上女人，還是被女人迷上，感覺都很低俗、戲謔，帶有一種洋洋得意的味道，不管是何等「嚴肅」的場合，只要冒出這句話，憂鬱的伽藍也將就此崩塌，化為平地。不過，若是採用「被愛的不安」這樣的文學用語，來取代「被人迷上的痛苦」這種俗語，便不至於毀了憂鬱的伽藍，說來真是奇妙。

我替竹一清理耳內的膿水，他說出「日後一定會有女人迷上你」這種愚蠢的恭維話，當時我只是紅著臉微笑，沒有回應，但其實我心裡也隱約覺得有理。不過，「迷上你」這種粗俗的說法產生了一種洋洋得意的氛圍，他這麼說，我便覺得有理，這會令我顯得愚不可及，比相聲裡傻少爺的對白都還不如，所以我當然不可能抱持著這種戲謔、洋洋得意的念頭，而認為「此話有理」。

對我而言，女人的複雜難懂，遠比男人要難上數倍之多。我家中的女性人數遠多於男性，而親戚當中，女性更是繁多，還有那些「犯罪」的女傭，因此，即便說我從小在女人堆裡打滾也不為過。然而，我其實是一直抱持著如履薄冰的心情與這些女人打交道。我幾乎完全捉摸不透她們的心思，彷如置身五里霧中，有時誤踩虎尾，鑄下大錯，害自己吃不完兜著走。這不同於男人的鞭笞，而是像內出血似地，在體內造成很不舒服的內傷，難以治癒。

女人有時會將我拉向身邊，有時卻又一把推開。有人在時，女人渺視我、欺負我，沒人時卻又緊摟著我。女人像死去般熟睡，教人懷疑她們是為了睡眠而活。我從小便對女人做各種觀察，不過，儘管同樣身為人類，卻感覺她們是和男人迥然不同的生物，而且神祕莫測、大意不得，更奇妙的是，她們常照顧我。

「被迷上」，以及「有人喜歡」這兩句話，一點都不適合我，也許用「受人照顧」這個說法來說明實際情況，還比較貼切。

女人似乎比男人更能放鬆地接受搞笑。當我搞笑時，男人不會一直哈哈大笑，而且我自己也知道，對男人搞笑若是過於得意忘形，肯定以失敗收場，所以我時常提醒自己，一定得見好就收。不過，女人不懂得什麼叫「適度」，她們總是不斷要求我搞笑，而我為了回報她們索求無度的安可，總是累得筋疲力竭。事實上，她們常笑。女人似乎比男人更能飽嘗快樂。

我中學時期的寄宿家庭，不論是那位大姊還是小妹，只要一有空，便會來我房間找我，每次我都嚇得差點跳了起來。

「在看書嗎？」

「沒有。」

我驚魂未定地投以微笑，闔上書本。

「今天，學校裡有位名叫棍棒的地理老師……」

從我口中流洩出的，不是我真心想說的搞笑故事。

「小葉，你戴上眼鏡看看。」

某天晚上，妹妹小節和大姊一起來到我房間，逼我做許多搞笑表演，最後提出這項要求。

「為什麼？」

「你別問，戴上就對了。向大姊借眼鏡戴。」

她們總是以如此粗魯的命令口吻和我說話。搞笑藝人乖乖地戴上大姊的眼鏡。她們見狀後，笑倒在地。

「簡直和勞埃德一模一樣。」

當時哈羅德．勞埃德*這位外國的喜劇電影演員在日本頗受歡迎。

我站起身，舉起單手道：「諸位，我在此向日本的影迷們……」

我試著致辭，更令她們笑得闔不攏嘴，從那之後，每逢鎮上劇場播放勞埃德的電影，我一定到，且不忘偷偷揣摩他的表情。

某個秋夜，我躺在床上看書時，大姊像飛鳥般迅速走進我房間，突然哭倒在我的棉被上。

「小葉，你願意救我對吧？我們一起離開這個家吧。你一定要救救我。」

她嘴裡說著驚人之語，再度嚶嚶哭泣。不過，我並非第一次目睹女人展現這種態度，因此對於大姊這番激烈的言辭，我並不吃驚，反倒覺得這招過於老套、內容空洞，令人掃興。我輕輕鑽出被窩，削好一顆桌上的柿子，切下一片遞給大姊。大姊抽抽噎噎地吃著柿子，向我說道：「有沒有什麼有趣

*Harold Clayton Lloyd，一八九三～一九七一，美國電影演員及製片人，招牌標誌為圓形賽璐珞眼鏡。作品相當多產且常出現驚險場面，與查理．卓別林、巴斯特．基頓齊名為三大喜劇默片演員

的書？借我看看吧。」

我從書架裡挑了夏目漱石的《我是貓》遞給她。

「謝謝你的柿子。」

大姊難為情地笑著，步出房外。不光是這位大姊，到底世上的女人是抱持著什麼心情在過活呢？對我來說，要思考這個問題，比揣測蚯蚓的心思還要複雜費事，而且有點駭人。不過，我從幼年的經驗中得知，當女人像這樣突然涕淚縱橫時，只要給她們一些甜食，她們吃過之後便能轉換心情。

另外，妹妹小節甚至還會帶朋友進我房裡，我還是依照慣例，公平地逗大家開心。等到小節的朋友返家後，她一定會轉頭對我說朋友的壞話，而且每次都說「她是個太妹，你要小心喔」。既然這樣，妳別帶她來不就得了？也多虧了小節，造訪我房間的客人，幾乎全都是女性。

但這絕不表示竹一那句「女人會迷上你」的恭維已經成真，換言之，我不過是日本東北的哈羅德．勞埃德罷了。竹一那愚蠢的恭維化為可恨的預言，活生生在我面前呈現出不祥的樣貌，是許多年後的事了。

竹一還送我另一份寶貴的禮物。

「這是妖怪的畫像。」

某次竹一到我二樓的房間找我玩時，得意洋洋地在我面前攤開了一張原色版的卷頭插畫，如此說道。

咦？我心中暗感納悶。彷彿從那一瞬間，便就此決定了我的墮落之路，一直到日後我都有這種感覺。我知道那只不過是梵谷的自畫像，在我少年時代，日本正流行所謂的法國印象派畫風，要鑑賞西洋畫，大多是由此起步，梵谷、高更、塞尚、雷諾瓦等人的畫作，即便是鄉下的中學生也都見過翻拍畫作的照片。我也見過不少梵谷的原色版畫作，對其筆觸的新意和色彩的鮮豔頗感興趣，但從未將它想成是妖怪的畫像。

「那麼，這種畫你怎麼說？這也是妖怪嗎？」

我從書架取下莫迪里安尼*的畫集，讓竹一看其中一幅古銅色肌膚的裸體女性畫像。

「真不簡單。」竹一雙眼圓睜，大為讚嘆。「就像地獄之馬。」

「果然還是妖怪。」

「我也想畫這種妖怪的畫像。」

對人類極度恐懼的人，反而更期待親眼見識可怕妖怪的心理，以及愈是神經質、愈膽怯的人，愈期盼來一場強烈暴風雨的心理。啊，這群畫家們深受人類這種妖怪所傷，經歷各種恫嚇，最後他們選擇相信幻影，在白晝的大自然中清楚目睹了妖怪。他們不以搞笑來含混，而是全力去呈現自己眼中所見的景象，誠如竹一所言，他們毅然決然地畫下「妖怪的畫像」。我未來的夥伴就在這裡，我為之激動落淚，但不知為何，我卻聲若細蚊地向竹一說：「我也要畫妖怪的畫像。畫地獄之馬。」

我從小學時代就喜歡畫畫，也喜歡看畫。但我的畫作並不像作文那般受

*Amedeo Modigliani，一八八四～一九二〇，義大利藝術家，深受古典及文藝復興藝術薰陶，以及新印象派、立體主義影響。與畢卡索等交好，長年在窮困與疾病中創作，戀人是藝術家珍妮·赫布特尼，為其作畫的繆思。

人稱讚。我原本就不相信人們說的話，所以作文對我來說，不過就像搞笑的應酬話般，從小學到國中一直讓老師們狂喜，我自己卻覺得索然無味，唯獨繪畫（漫畫另當別論），雖然在對象的表現上，我都是自我摸索，表現還不夠成熟，但多少也花了一番苦心。學校美術課的範本很無趣，老師的畫工也很拙劣，因此我勢必得自己胡亂嘗試各種表現手法。進入中學就讀後，我的油畫畫具一應俱全，但儘管我以印象派畫風作為筆觸的範本，我的畫還是像花紙工藝般平面，不夠立體，完全不像樣。今日藉由竹一這番話，我才恍然大悟，自己之前對繪畫的心態，方向完全錯誤。感受美麗的事物，想如實地呈現它的美，這種想法既天真又愚蠢。大師們以主觀將平凡無奇的事物創造得美侖美奐，或許見到醜陋的事物會令他們噁心作嘔，卻仍不掩飾對它們的興趣，依舊沉浸在表現的歡愉中。也就是說，他們完全不依賴別人的想法。竹一賜予我原始畫法的祕笈，我瞞著不讓那些女性訪客察覺，開始慢慢著手於自畫像的創作。

最後，我完成了一幅陰沉的畫像，連我自己都感到震驚。這正是我長期潛藏心中的真實面目。表面上笑得開朗，而且是眾人的開心果，其實卻擁有如此陰鬱的內心。「這也是莫可奈何的事」，我心中也同意這點。這幅畫除了竹一外，我絕不給任何人看。我可不希望自己搞笑背後的陰沉面貌被人識破，而讓人對我小心提防，而且我也擔心別人沒發現這是我的真面目，還視此為另一種全新的搞笑手法，就此淪為眾人的笑柄，這比什麼都還令人難過，所以我馬上把這幅畫收進壁櫥深處。

在學校的美術課期間，我也極力隱藏這種「妖怪式畫法」，仍像過去一樣，以平庸的筆觸，美麗地畫出原本就美麗的事物。

我只能在竹一面前自然展現敏感脆弱的神經，所以我放心地讓竹一欣賞我這次的自畫像。他看過後讚賞有加，於是我又接連畫了兩、三張妖怪的畫像，得到竹一的另一個預言。

「你將來會成為一名偉大的畫家。」

「女人會迷上你」與「成為一名偉大的畫家」，這個傻瓜竹一將這兩句預言烙印在我額頭上，不久，我來到了東京。

我本想進美術學校就讀，但家父告訴我，他老早便打算讓我進高中念書，日後出仕為官。我一句話都不敢吭，只好茫然地遵從。家父要我從四年級開始報考高中，而這所有櫻花與大海的中學，我也差不多待膩了，所以我沒直升五年級，四年級的學期一結束，就直接報考東京的高等學校，通過考試，旋即展開學校的宿舍生活。然而，那種骯髒與粗野的生活，實在令我退避三舍，我根本連搞笑的力氣都沒了，於是我請醫生幫我開一張肺浸潤的診斷書，就此搬出宿舍，住進家父位於上野櫻木町的別墅。我無法忍受團體生活。而且那些青春的感動、年少的輕狂之類的話語，我光聽就便覺得寒毛直豎，「高中生精神」這玩意兒，我實在無法苟同。不論教室還是宿舍，感覺都像是被嚴重扭曲的性慾集中營，連我那近乎完美的搞笑本事，在這裡也完全派不上用場。

家父在議會休會時，每個月只有一到兩週會待在別墅的家中，所以家父不在時，這棟寬敞的別墅只有那對管家老夫婦和我三人。我常蹺課，但我沒興致到東京四處閒逛（最後我連明治神宮、楠木正成的銅像、泉岳寺的四十七烈士墓，也不曾看過），終日窩在家裡看書作畫。家父回東京時，我每天早上都匆匆忙忙上學，有時也會到本鄉馱木町的西畫家安田新太郎的畫室學素描，一待就是三、四個小時。離開高中宿舍後，就算到學校上課，感覺立場也很特殊，宛如旁聽生似的。儘管這可能是我的個人偏見，但我老覺得索然無味，所以也就更懶得上學。我一路上過小學、中學、高中，最後終究還是無法理解何謂愛校心，也從沒想過要學唱校歌。

不久，我從美術教室裡的某個學生身上，學會菸、酒、妓女、當舖，以及左翼思想。這種組合說來奇妙，卻又是不爭的事實。

這位來學畫的學生叫堀木正雄，東京下町人，年長我六歲，畢業於私立的美術學校，由於家中沒有畫室，所以他固定來這間美術教室學習西洋畫。

「能不能借我五圓？」

我們彼此僅只數面之緣，從未有過隻字片語的交談。我慌忙地取出五圓遞給他。

「好，去喝酒，我請你。可以吧？」

我無法拒絕，被他拉進美術教室附近的蓬萊町咖啡酒館，就這樣展開我倆的交往。

「我從很早以前就注意你了。喏，就是你現在這靦腆的微笑，那是才華洋溢的藝術家特有的表情。為了紀念我倆的相識，乾杯！小絹，這小子是個美男子對吧？不可以迷上他哦。都是因為他來到我們那間美術教室，害我淪為第二號美男子呢。」

堀木五官端正、膚色黝黑，穿著一套中規中矩的西裝，領帶的花色也不花俏，頭髮抹了髮油，梳著中分，這模樣在繪畫學習生當中相當少見。

我置身此種陌生的環境，心中惴惴不安，一會兒雙臂盤胸，一會兒鬆開，始終露出靦腆的微笑，但喝了兩、三杯啤酒後，卻像解放似地感到莫名的輕鬆。

「我原本想進美術學校……」

「不，太乏味了。那地方乏味透頂。學校最枯燥乏味了。我們的老師存在於大自然之中！對大自然的感受力！」

然而，他的說法並不會讓人聽了肅然起敬。這傢伙是個傻瓜，繪畫肯定也只有三流的水準，但也許是個不錯的酒肉朋友。換言之，那是我有生以來第一次見識到城市裡的無賴。儘管他的外表和我截然不同，但光就他完全與世人的生活脫鉤、渾噩度日這點來看，的確和我算得上同類。他在無意識中搞笑，對自己搞笑的悲哀渾然未覺，這正是我們兩人在本質上最大的差異。

我告訴自己，我只是陪他玩玩而已，只當他是個酒肉朋友，打從心裡瞧不起他，有時甚至恥於和他為伍，但我又總是與他同行，最後我被這個男人澈底擊垮。

不過，起初我認為他是好人，一個難得一見的好人，連生性怕人的我也對他沒有戒心，甚至還慶幸遇上一位不錯的東京嚮導。其實我自己一個人時，搭電車會害怕車掌；去看歌舞伎表演時，見正門口鋪有紅地毯的樓梯兩側站著兩排領座的小姐，我便望之卻步；走進餐廳，悄悄站在我背後，等著我吃完收盤子的服務生，會令我忐忑不安；特別是付帳，唉，當我以僵硬的動作買東西結帳時，我並非吝嗇，卻因為過度緊張、害臊、不安、恐懼，而令我頭暈目眩、眼前一片漆黑，陷入近乎錯亂的狀態，別說殺價了，甚至連找零都忘了拿，還時常買了東西忘記帶走。因此，我之所以終日窩在家中鬼混，其實完全是出於無奈，只因我不敢獨自行走於東京街頭。

只要將錢包交給堀木，與他同行，堀木便會大肆殺價。可能因為他很懂得玩樂，所以他總是能發揮厲害的花錢本事，以少許的花費換取最大的效果。他不坐昂貴的計程車，而是善用電車、巴士、蒸氣船，以最短時間抵達目的地，展現他厲害的本事。早上從娼樓返家的路上，他會順道繞往某家料亭泡熱水澡，再點個湯豆腐配小酒，價格便宜，感覺卻很奢華，以此對我實地上了堂課。此外他還告訴我，攤販賣的牛丼飯和烤雞肉串既便宜又營養，還向我拍胸脯保證，最快讓人喝醉的酒，非電氣白蘭地*莫屬，總之，有他買單，我從不會感到不安和惶恐。

和堀木交往的另一項好處，是他完全不理會別人的想法，一味任憑自身的熱情發散（也許所謂的熱情，就是無視對方的立場）。我們兩人一天二十四小時盡是言不及義，完全不必擔心走累了，會陷入尷尬的沉默中。與人相處，我一直很提防這種可怕的沉默場面出現，所以原本少言寡語的我，才會老是搶在那之前拚命搞笑，但現在堀木這個蠢貨會自己無意識地負起搞笑的任務，所以我不必回答，只要左耳進右耳出地聽他說，然後不時笑著回一句「怎麼可能」，這樣就行了。

不久，我逐漸明白，要暫時消除我對人類的恐懼，菸、酒、娼妓都是好方法。我甚至覺得，為了尋求這些方法，就算要我變賣一切家當，我也無怨

*一八九三年淺草神谷酒吧特製的酒品，為日本在明治時期洋酒流行時，喝不起真威士忌的廉價替代品。入口辛辣的麻痺感使其被冠上「電氣」之名，當時蔚為流行，許多淺草派文豪都相當推崇。

無悔。

我眼中的娼妓既不是人，也不是女性，倒有點像是白痴或瘋子，躺在她們懷中，我反而感到無比心安，可以沉沉入睡。她們的欲望少得可悲，近乎無欲。也許是從我身上感受到像是同類的親近感吧，娼妓們總是向我展現出自然無偽的善意。毫無盤算的善意、不帶任何強迫的善意、對也許不會再來光顧的人所展現的善意，有些夜晚，我從這些宛如白痴或瘋子的娼妓身上，見到聖母瑪利亞的光環。

當我為了擺脫對人的恐懼，尋求寧靜的一夜好眠，而前往娼樓與我的「同類」娼妓同樂時，一股厭惡的氣息開始在無意識中縈繞我身旁，這是完全出乎我意料之外的「隨贈附錄」。這「附錄」漸漸鮮明地浮上檯面，當堀木向我一語道破時，我先是錯愕，接著暗自心生排斥。看在旁人眼中，套句通俗的說法，我經由娼妓的歷練，明顯功力大進，聽說藉由娼妓來磨練獵豔的本領，是最嚴苛、同時也最有效的方法。如今我身上已散發出一股「情場老手」的氣息，女人（不限於娼妓）會憑藉本能嗅聞出氣息，主動投懷送抱。我得到的「隨贈附錄」，就是這種猥褻又難堪的氣息，而且它變得極為醒目，遠勝過我原先只想休息的本意。

堀木會這麼說，也許一半是帶有恭維的意味，但我自己也覺得這話不無道理，而為之心情沉重。舉例來說，曾經有位咖啡廳的小姐寫了封幼稚的情書給我；櫻木町鄰居將軍家一位二十來歲的女孩，每天早上我上學時，她明明沒事，卻故意化著淡妝，在自己家門前進進出出；我去吃牛肉時，什麼也沒說，那名女服務生卻……還有，我常去買菸的那家香菸店老闆的女兒，她遞給我的香菸盒裡竟然有……去看歌舞伎時，鄰座的人……坐在深夜的市內電車裡，我因喝醉而呼呼大睡時……老家一名親戚的女兒，出乎意料地寄來一封表達相思之苦的情書……一名素不相識的女孩，趁我不在家時，放了一個親手做的人偶……由於我個性相當消極，所以每件事最後都沒有下文，殘缺不全，再也沒有進一步的發展。看來，我身上散發著某種令女人懷抱夢幻的氣息。這不是炫耀，也不是隨口胡謅的玩笑話，而是無法否認的事實。此事被堀木這種人一語道出，令我感受到近乎屈辱的痛苦，同時也就此對尋花問柳感到興致索然。

某天，堀木在愛慕虛榮的新潮想法下（至今我仍認為，堀木除了這個理由外，再也找不到其他原因），帶我參加一個名叫共產主義讀書會（大概叫R．S吧，我也記不清楚）的祕密研究會。也許就堀木這種人來說，共產主義的祕密聚會，不過也只是「東京遊覽」的其中一站。我被介紹給所謂的「同志」認識，被迫買下一本小冊子，聽一名坐在上位、相貌奇醜的青年講解馬克思經濟學。這內容對我來說，極為簡單明瞭。它說的確實沒錯，但人類的內心，卻有著更複雜難懂、可怕駭人的事物。說是「欲」，略嫌不符，說是「虛榮」，又不夠貼切，即便將「色與欲」兩者擺在一起，仍不足以形容，究竟是什麼，連我自己也是懵懵懂懂。不過，我總覺得人類的世界不光只是經濟，還有像是怪談之類的事，而向來極度害怕怪談的我，對所謂的唯物論，就像水往低處流一樣，很自然地給予肯定。但還是無法藉此擺脫我對人類的恐懼，張大眼睛望向蒼翠綠葉，感受希望的喜悅。不過，我還是持續參加R．S（記得好像是這個稱呼，但也許有誤）的聚會，一次也沒缺席。「同志」們個個宛如遭逢嚴重的事態，神情凝重，全神投入那程度與「一加一等於二」的基礎算術差不了多少的理論研究中，看起來實在滑稽可笑。我藉著昔日搞笑的本事，全力緩和聚會的氣氛，可能因為這個緣故，研究會沉悶的氣氛逐漸變得輕鬆，而我也成了聚會中不可或缺的人氣王。這些個性單純的人們，也許當我和他們一樣單純，認為我是個樂天且逗趣的「同志」。若真是如此，我便算澈底將他們蒙在鼓裡了。我並不是他們的同志，但每次聚會，我總是準時報到，為眾人獻上搞笑的服務。

因為我喜歡這樣。我喜歡這群人。但未必是因為馬克思而促成了這份親密感。

非法。我暗自享受著這個字眼。毋寧說它讓我心曠神怡。世上合法的事物反而可怕（它給人一種高深莫測的預感）、複雜難懂，我無法坐在那沒有窗戶的冰冷房間裡，儘管外頭是非法的汪洋，我也寧願縱身躍入，一直游到筋疲力竭而死，這樣還比較痛快。

有句話叫做「見不得光的人」。指的是世上那些悲慘的輸家、敗德者，但我覺得自己打從一出生就是個「見不得光的人」，所以每次遇見被世人如此指責的同類，我一定會敞開溫柔的心房。我那「溫柔的心房」，連我自己都深感陶醉。

還有一種說法叫做「犯罪意識」。儘管我一輩子都在人世間受這種意識的折磨，但它就像我的糟糠之妻，是我的良伴，和它一起落寞地玩樂，或許也算是我的一種生活樣貌。此外，有句俗話說「腳上有傷怕人知」，我這傷從小便長在其中一隻小腿上，長大後非但沒有痊癒，甚至還愈蝕愈深，直透筋骨，每晚所受的痛苦折磨，宛如置身千變萬化的地獄（這樣的說法有點古怪），但這傷逐漸變得比我的血肉還要親密，而傷口的痛楚，感覺就像它活生生的情感，或是深情低語。對我這樣的男人而言，地下運動組織的氣氛莫名地安心愜意，換言之，比起地下運動原本的目的，那運動的氣氛反而和我更合得來。堀木則像是在這裡走馬看花，他來到聚會中介紹我之後，便沒再來過。他對我開了一句不入流的玩笑話「馬克思主義者在研究生產面的同時，也得視察消費面」之後，不去參加聚會，卻老想著邀我去進行消費面的視察。如今回想，當時還真是各種類型的馬克思主義者都有。有像堀木這樣，出於虛榮的新潮想法而以此自居者；也有像我一樣，只是喜歡那非法的味道，而置身其中者，若是我們的真面目被真正的馬克思主義信徒識破，堀木和我想必會遭受烈火般的抨擊，立即被當作卑鄙的叛徒逐出門外。但我和堀木都沒遭受除名的處分，特別是我，置身在那非法的世界，卻比身處於合法的紳士世界還要氣定神閒，舉止「神采奕奕」，他們因此當我是大有為的「同志」，將許多極機密的重要工作委由我處理。事實上，我對這樣的委託從不推辭，總是照單全收，面不改色，也不曾因為模樣不夠自然，引來狗（同志們都這樣稱呼警察）的懷疑和盤問，而誤了大事。我面帶笑容，也逗人發笑，正確無誤地完成他們口中的危險任務（那群從事運動的傢伙總是一副事態嚴重的緊張模樣，甚至笨拙地模仿偵探小說情節，戰戰兢兢。他們交付我的工作，實在是無聊透頂，但他們仍極力擺出一副很危險的模樣）。以我當時的心情來說，就算成為黨員而鋃鐺入獄，在監獄裡終老一生，我也不怕。比起畏懼世人的「真實生活」，夜夜在難以成眠的地獄中痛苦呻吟，也許牢獄生活還比較自在。

家父在櫻木町的別墅裡，時常外出或是接待訪客，儘管同住一個屋簷下，卻常接連三、四天沒打過照面。雖然我覺得家父可怕又難以親近，很想到外頭租房子住，但終究還是說不出口，沒想到卻從擔任別墅管家的老頭子那裡聽到家父有意出售這棟別墅的事。

家父的議員任期即將屆滿，肯定有不少原因，使得他這次完全無意參選，而且還在老家附近蓋了一棟養老的居宅，對東京似乎已無留戀，他或許認為我不過是個高中生，特地留下宅邸和傭人供我使用過於浪費吧（家父的心思與世人一樣，非我所能理解）。總之，這棟別墅不久便轉售他人，而我也搬往本鄉森川町一家名叫「仙遊館」，裡頭房間昏暗的老舊出租公寓，旋即陷入阮囊羞澀的窘境中。

過去家父每個月都會給我固定金額的零用錢，雖然短短兩、三天便可花個精光，但菸、酒、起司、水果等等，家裡一應俱全，至於書、文具、衣服等相關用品，也都可隨時向附近店家「賒帳」取得，即便是請堀木吃蕎麥麵或炸蝦蓋飯，只要是街上家父經常光顧的店家，我都可以在用完餐後不吭一聲地離開。

但現在突然自己獨自外宿，一切都得靠每個月固定的匯款來支出，一時令我不知所措。匯來的零用錢一樣兩、三天便宣告用罄，我感到不寒而慄，擔心得幾欲發狂，輪流向家父、兄姊們要錢，接連發電報、寫長信（我在信中所提的情況，全是搞笑的虛構內容。我認為要請人幫忙，得先引對方發噱，此乃上策），並在堀木的指點下，開始頻上當舖，但還是入不敷出。

我終究還是無法獨自在這無親無故的出租公寓裡「生活」。我害怕獨自一人靜靜地待在公寓房間裡，總覺得隨時會有人襲擊我，冷不防給我一擊。於是我衝到街上，幫忙先前提到的地下運動，或是和堀木一起四處喝便宜酒，課業和學畫的事幾乎完全拋諸腦後。就在我進入高中就讀的隔年十一月，我和一名長我幾歲的有夫之婦相約殉情，從此人生境遇急轉直下。

學校曠課缺席，功課也從不用心，但每次考試我都懂得答題的門路，所以長期以來我成功瞞過故鄉的親人們。不過，似乎是校方暗中向人在故鄉的父親通報我嚴重缺課的情形，大哥代替家父洋洋灑灑寫了封措辭嚴厲的信給我。然而，我最直接的痛苦，是手頭拮据，以及地下運動委託的工作益發激烈和忙碌，令我再也無法以半遊戲的態度去面對。不知道是叫中央地區還是什麼地區的，總之，我當上本鄉、小石川、下谷、神田這些地方的馬克思學生行動隊長。聽說要武裝暴動，我便買來小刀（現在回想起來，不過是中看不中用的小刀，連削鉛筆都有困難），放在風衣口袋裡，四處奔走「聯絡」。真想大口喝酒，好好睡上一覺，可惜沒錢。而且P（記得都是用這個暗號來稱呼黨，但也有可能是我記錯）不斷叫我辦事，連喘口氣的時間都沒有。我體弱多病的身軀，實在無法負荷。原本我只是因為對非法感興趣，才幫忙他們的組織辦事，而現在弄假成真，忙得我應接不暇，我不禁暗自埋怨起P那班人。我看你們根本就搞錯了對象，幹嘛不找你們直系的成員辦事呢？於是我選擇逃避。逃避果然很不是滋味，最後我決定一死了之。

當時有三個女人對我表現出特別的好感。一位是我住宿的仙遊館老闆娘的女兒。每次我忙完地下運動，拖著疲憊的身軀返家，連飯也不吃就倒臥床上時，她一定會拿著信紙和鋼筆到房間對我說：「抱歉。樓下弟妹們太吵，我不能好好寫信。」然後在我桌上一寫就是一個多小時。

我原本應該佯裝什麼也不知道，睡我的大頭覺才對，但她似乎很希望我能說些什麼，所以我又發揮了被動的服務精神。其實我根本一句話都不想說，但我精疲力竭的身軀還是勉強打起精神，趴在床上抽著菸說道：

「聽說有個男人，用女人寫給他的情書燒洗澡水。」

「哎呀，真死相。就是你吧？」

「我只是曾經用來熱牛奶而已。」

「真是榮幸，那你就喝吧。」

這女人就不能早點離開嗎？說什麼寫信，我早看穿她的伎倆，她肯定是在紙上胡亂塗鴉。

「給我瞧瞧吧。」

其實我死也不想看，但還是這麼說，她卻「哎呀，才不要呢。不要啦」地直嚷嚷，瞧她那喜孜孜的模樣，實在不堪入目，令我倒盡胃口。於是我想到找事差遣她做。

「不好意思，可否幫我去電車道路旁的藥局買包卡莫欽*？我太累了，兩

*Calmotin，一種安眠藥。

頰發熱，睡不著覺。麻煩妳了。至於錢……」

「錢的事不要緊。」

她開心地站起身。要吩咐女人辦事，絕不能潑她們冷水，而且受男人請託辦事，女人反而很開心，這我最清楚不過了。

另一個女人，是女子高等師範學校的文科生，亦即所謂的「同志」。因為地下運動的關係，我每天都非得和她碰面不可。每次討論完畢，她總會跟著我走，而且老愛買東西送我。

「你可以把我當親姊姊看。」

她那矯揉造作的口吻令我聽得直發抖，但我仍刻意擠出略帶憂愁的微笑應道：

「我也是這麼想。」

總之，要是惹怒她一定很可怕，我得想辦法蒙混過去才行。基於這個念頭，我百般伺候這位長得醜又惹人厭的女人，每當她買禮物送我（她買的東西其實都很沒品味，我大多馬上轉送給賣烤雞肉串的老闆），我總會擺出喜不自勝的表情，開玩笑逗她笑。某個夏夜，她緊黏著我不放，我為了打發她離開，便在街上的暗處賞了她一吻，只見她欣喜若狂，攔了一輛計程車，帶我到他們為了地下運動而祕密租借的大樓辦公室，那是間窄小的西式房間，她在房裡整夜狂歡直到天明，真是個荒唐的大姊，我不禁暗自苦笑。

不論是房東的女兒，還是這位「同志」，我們每天都得碰頭，所以不像之前那些女人一樣，可以巧妙地閃躲，最後我出於不安的心理，極力討這兩個女人歡心，讓自己被束縛得動彈不得。

同一段時間，我也從銀座一家大型咖啡酒館的女服務生那裡，接受她意想不到的施恩。雖然當時只見過一次面，但我拘泥於她的恩惠，感到既擔心又惶恐，幾乎無法動彈。那時我已不必依賴堀木的嚮導，而能自己搭電車、到歌舞伎劇場看戲，或是穿著碎花和服進咖啡酒館，多少已能擺出一副厚臉皮的模樣。儘管內心依舊對人類的自信和暴力感到納悶、恐懼、煩惱，但至少表面上可以和人一本正經地寒暄。不，其實就本性來說，我若不帶著充滿挫敗感的丑角式苦笑，便無法與人寒暄，總之，即便是不知該說什麼好的問候寒暄，我也能夠辦到，這套「伎倆」莫非是之前為了地下運動而四處奔走所練就？還是因為女人？酒？不過，主要還是歸功於經濟拮据，才能學會這套本事。不論置身何處，我都恐懼不安，不過，要是能在大型咖啡酒館裡，混進眾多醉漢、女服務生、男服務生當中，我那不斷被追逐的心靈，也會就此獲得平靜。我帶著十圓，獨自走進銀座那家大型咖啡酒館，笑著對女服務生說：

「我身上只有十圓，能喝多少算多少。」

「這您不必擔心。」

她說話帶有關西腔。她這句話，竟奇妙地讓我原本畏怯顫抖的心靈就此平靜。不，並不是因為不用擔心錢的事。而是因為我覺得，待在她身邊，我什麼也毋須擔憂。

我喝了酒。因為她令我放心，所以我反而沒心情扮小丑搞笑，毫不掩飾地展現我陰沉寡言的本性，默默地喝酒。

「這些菜您喜歡嗎？」

女子在我面前擺滿了各種菜餚。

「只想喝酒是吧？我也來陪您喝幾杯。」

那是個寒風陡峭的秋夜。我照恆子（記得是這個名字，但我已記憶模糊，不太確定。我這個人連殉情的對象叫什麼名字都能忘記）的吩咐，在銀座小巷裡的某家壽司攤，吃著平淡無味的壽司，等候她的到來。（雖然忘了她的名字，但不知為何當時對於那壽司之難吃，我卻記憶猶新。那位光頭的店老闆，模樣像極了錦蛇，他搖頭晃腦地捏著壽司，佯裝一副手藝高超的模樣，至今仍歷歷在目。日後我在電車裡，時常覺得某些人的臉似曾相識，左思右想，最後發現原來是像當時那位壽司攤的老闆，不禁為之苦笑。即使現在那女子的名字和長相已從我記憶中逐漸遠去，但唯獨那天的壽司和老闆的長相，我還是牢記在心，甚至能清楚地畫下，足見當時的壽司多麼難以下嚥，令我感到既寒冷又痛苦。話說回來，就算有人帶我到好吃的壽司店品嚐，我也從不覺得好吃。壽司實在太大了。我總在心中暗忖，難道就不能捏成像大拇指般的大小嗎？）

她向本所＊一位木匠家租了二樓的房子住。我在她二樓的住處，毫不掩飾自己平時陰鬱的內心，宛如嚴重牙疼般，單手托腮喝茶。而我這副模樣，反而更惹她憐愛。她給人的感覺，就像身邊颳著冷冽的寒風，落葉飄揚，一個完全遺世孤立的女人。

我和她躺在床上，聽她娓娓道出身世，得知她長我兩歲，老家在廣島。她說：「我有先生，原本在廣島開理髮店。去年春天，我們一起離家來到東京，但我先生在東京不好好工作，後來犯了詐欺罪，被送入監獄。我每天都會到監獄替他送點東西，不過，從明天起，我不再去了。」不知為何，我生性就對女人的身世提不起半點興趣，也不知道是她說話技巧差，還是搞錯了

＊東京都墨田區西南部的地名，原東京區名。

重點，總之，我時常是左耳進右耳出。

真是落寞。

比起她又臭又長的身世，我反倒比較期待從這句低語中得到共鳴。但我從未從世上的女人口中聽過這句話，令我深感不可思議。不過，雖然她沒用言語道出「落寞」，但體外卻有一股無言的落寞，就像一股約莫一寸寬的氣流圍繞在她身邊，連我的身體也被那股氣流包覆，與我那帶刺的陰鬱氣流相互交融，猶如「落在水底岩石上的枯葉」一般，使我得以從恐懼和不安中抽離出來。

這迴異於躺在那些白痴娼妓懷中安心沉眠的感覺（那些妓女們都很活潑開朗），對我來說，與這名詐欺犯的妻子共度一夜，是獲得解放的幸福夜晚（毫不猶豫便使用如此誇張的用語，並給予肯定，這在我所有手札裡，可說是絕無僅有）。

但也僅只那一夜。當我一早醒來，我便彈跳而起，恢復成原本那輕浮、善於偽裝的搞笑人物。膽小鬼連幸福都害怕，碰到棉花都會受傷，有時也會被幸福所傷。我想趁自己還沒受傷前，急忙就此分道揚鑣，於是我又以慣用的搞笑製造煙幕。

「俗話說『床頭金盡，情緣兩斷』，其實這個解釋弄反了。它的意思，並不是錢用完了，就會被女人一腳踢開。而是男人沒了錢，就會意志消沉，變得窩囊，連笑聲都沒力氣，接著開始鬧脾氣，最後則是自暴自棄，主動把女人甩了，變成半瘋癲的模樣，見一個甩一個。《金澤大辭林》中就是這麼解釋的，可悲啊，我懂那種心情。」

我記得自己當時說出了這樣的蠢話，恆子當然是噗哧而笑。我想多待無益，心生畏怯，連臉也沒洗便早早離去。不過，當時我胡謅的那句「床頭金盡，情緣兩斷」，日後竟產生了意外的關聯。

之後一整個月，我都沒和那晚的恩人見面。與她分開後，隨著時間流逝，我的喜悅日漸淡薄，受過她短暫恩惠的事令我不安，我感受到強烈的束縛。當時到咖啡酒館的花費，全部是由恆子負擔，連這種俗事也開始令我耿耿於懷，我以為恆子終究也和房東太太的女兒及那名女子高等師範學校的學生一樣，是只會逼迫我的女人，儘管遠離了她，還是對她充滿恐懼，而且我總覺得，和曾經上過床的女人重逢時，她們可能會像烈火般斥責我，因而我視重逢為一件麻煩事，對銀座益發敬而遠之。但我這種嫌麻煩的個性絕非狡猾，而是因為女人在上完床，與早上醒來，兩者之間沒半點關聯性，就像完全忘了發生過這件事，能巧妙地區隔這兩個世界，這種匪夷所思的現象，我至今仍無法理解。

十一月底，我和堀木在神田的小攤喝廉價酒，這名損友離開小攤後，堅持還要再找一家續攤，我們明明已口袋空空，他卻還吵著要喝酒。當時我可能也是因為幾杯黃湯下肚，有醉意壯膽。

「好，既然這樣，我帶你去夢的國度吧。你可別嚇著哦，我要帶你去見識一下酒池肉林……」

「是咖啡酒館嗎？」

「沒錯。」

「那還不快去！」

就這樣，我們兩人搭上市內電車，堀木開心地嚷嚷著：

「我今晚對女人特別飢渴。可以親吻女服務生嗎？」

我不太喜歡堀木擺出這種醉態。堀木也很清楚這點，所以又向我確認了一次。

「真的可以嗎？我要玩親親喔。我會親坐我身旁的女服務生給你看。沒關係吧？」

「請便。」

「太謝謝你了！我對女人很飢渴呢。」

我們在銀座的四丁目下車，拿恆子當救星，就此身無分文地走進所謂

「酒池肉林」的大型咖啡酒館，與堀木迎面坐進一間空包廂。不久，恆子和另一名女服務生過來，那名女服務生坐我身邊，恆子則是坐堀木身旁，我吃了一驚。恆子會被堀木親吻。

我並不覺得可惜。我這個人原本就沒什麼占有欲，就算偶爾微微覺得可惜，也沒那份精力與人爭執，悍然主張自己的所有權。甚至日後自己有實無名的妻子遭人侵犯，我也只是默不作聲地旁觀。

我盡可能不想碰觸人類的紛爭，被捲入漩渦中是很可怕的事。恆子與我只有過一夜情，她不屬於我，理應沒有會讓我覺得可惜的欲念。但我還是吃了一驚。

我一想到恆子即將在自己面前遭受堀木的狂吻，便替她感到可憐。恆子被堀木玷汙之後，也許就勢必得和我分手不可了，而且我也沒有積極的熱情足以挽留恆子。唉，一切到此結束了。剎那間，我對恆子的不幸感到驚愕，但我旋即看破一切，就像流水一樣灑脫，交互望著堀木與恆子的臉，皮笑肉不笑。

但情況卻是愈來愈糟，出人意表。

「我放棄了！」堀木撇著嘴說道。「就算我再怎麼不挑，像這麼窮酸的女人，我還是親不下去。」

堀木一副難以忍受的模樣，雙臂盤胸，上下打量著恆子，露出苦笑。

「請給我酒，我身上沒錢。」我悄聲對恆子說。

我現在很想好好喝個痛快。從俗人的眼光來看，恆子確實是個難看又窮酸的女人，連醉漢都懶得親吻。意外的是，經堀木這麼一說，我竟然覺得如同身受五雷轟頂。我從沒這樣過。酒一杯接一杯地喝，醉到天旋地轉，與恆子悲戚地相視而笑。我心裡想，她確實是個一臉疲態、模樣窮酸的女人，但同時又有一種同是窮人的親近感（我至今仍覺得，貧富間的不睦雖已是陳腔濫調，但仍是戲劇恆久不變的主題之一）湧上心頭，令我發現恆子是如此可愛，我有生以來第一次主動且積極地感到怦然心動。我吐了。醉得分不清東南西北。醉得如此不省人事，當時還是第一次。

醒來後發現，恆子就坐在枕邊。我躺在那間本所木匠家的二樓房間。

「你說過，床頭金盡，情緣兩斷，我原本以為是在開玩笑，沒想到是真的。因為你之後一直都沒來。這種斷法，還真是複雜呢。難道我賺錢養你也不行嗎？」

「不行。」

之後，她與我同床共枕。天明後，她口中第一次說出「死」這個字，她似乎也對人類的生活感到疲累困頓，而我也一樣，一想到對這世界的恐懼、煩憂、金錢、地下運動、女人、學業，我便覺得自己再也無法活著承受這一切。我一口答應她的提議。

但當時我還沒實際做好「死」的心理準備。心中仍隱隱帶有某種「遊戲」的心態。

那天上午，我們倆徘徊於淺草的六區。我們走進咖啡廳，喝了杯牛奶。

「你去結帳吧。」

我站起身，從袖口裡取出錢包，打開一看，裡頭只有三枚銅幣，登時一股比羞恥還要強烈的淒慘念頭襲遍全身。我腦中浮現的情景，是我位於仙遊館的房間裡，只剩下制服和棉被，已無任何東西可供典當，一個家徒四壁的房間。除此之外，就只剩我現在穿在身上的這件藍底碎花和服與披風，我清楚明白這就是我的現狀，我已無法繼續活在這世上。

她見我一副不知所措的模樣，也跟著站起身，望向我的錢包。

「啊，就只有這樣？」

儘管是無心之語，卻深深痛進我骨子裡，我第一次因為愛人的一句話而感到心痛。這不是錢多錢少的問題，三枚銅幣根本算不上多少錢，那是從未體驗過的奇恥大辱，令人無法繼續苟活的屈辱。看來，當時的我還是未能澈底從富家少爺這個圈圈裡跳脫。從那時起，我才真正下定決心，想一死了之。

那一夜，我們在鎌倉跳海。她說「這條腰帶是向朋友借的」，解下腰帶，摺好放在岩石上，我也脫下披風，擺在同一個地方，和她一起躍入海中。

最後，她就此殞命，而我卻獲救了。

也許因為我是一名高中生，而且家父的名字多少有點新聞價值，所以報上當作一起重大案件加以報導。

我被收容在海邊的一家醫院，一位親戚從故鄉趕來，替我處理各種事務，他轉告我，我人在老家的父親和家人對此大為震怒，也許會與我斷絕關係，說完後就此離去。但我並不在乎，我思念死去的恆子，終日嚶嚶哭泣。因為在我認識的所有人當中，我是真心喜歡那模樣窮酸的恆子。

房東女兒給我捎來一封由五十首短歌湊成的長信，全是以「為我而活」這句古怪詞句開頭的短歌，共五十首。護士們臉上帶著開朗的笑容，到病房裡找我玩，有些護士甚至總是在緊緊握過我的手之後才離去。

醫院檢查發現，我的左肺有點毛病，這對我來說是好消息。不久，警察以「協助自殺罪」的罪名將我從醫院帶走，但警方將我當病人看待，特地以保護室收容我。

深夜時，保護室隔壁的值班室裡，一名值夜班的老員警悄悄打開房門向我喚道：

「喂！很冷吧？過來這邊取暖吧。」

我故作無精打采狀，走進值班室裡，坐在椅子上，湊向火盆取暖。

「你很思念那名死去的女人對吧。」

「是的。」

我特地聲若細蚊地回答。

「這也是人之常情。」

他開始擺起架子。

「你第一次和女人發生關係，是在哪兒？」

他就像個法官似地，派頭十足地詢問我。他當我是個小孩，瞧不起我，當自己是偵訊室主任，想引我道出香豔情史，藉此排遣無聊的秋夜。我早已看出他的心思，努力忍著不笑。我知道警方的「非正式偵訊」可以一律拒絕回答，但為了給這無聊的秋夜添點樂趣，我表面上展現十足的誠意，就像深信這名員警便是偵訊主任，刑罰的輕重裁決全繫於他的一念之間。我適度地「陳述」，以滿足他那色情的好奇心。

「嗯，這樣我大致明白了。如果你老實回答的話，我可以從寬處理。」

「謝謝您，請多多關照。」

我展現出神入化的演技。這是對我沒半點好處的全力演出。

天亮後，我被警察局長叫去。這次是正式的偵訊。

打開門，走進局長室，眼前是一位膚色黝黑，像是剛從大學畢業的年輕局長。

「噢，是個帥哥。這不是你的錯，是你母親的錯，誰叫她把你生得這麼帥。」

突然聽他這麼說，我登時心中一陣淒楚，彷彿我是個半邊臉長滿紅斑、模樣醜陋的傷殘人士。

這位像是柔道或劍道選手的局長，他的偵訊相當乾脆明快，與那名老員警悄悄趁深夜窮追猛問的好色「偵訊」，可說有天壤之別。偵訊結束後，局長一面謄寫呈檢察局的文件，一面說道：「得好好保重身體才行。你好像還吐了血呢，是嗎？」

那天早上，我莫名地咳了起來，我每次咳嗽，都用手帕摀嘴，結果手帕上沾了血漬，就像下過紅色的雪霰般。但那不是我喉嚨咳出的血，而是昨晚我摳耳朵下方的小膿疱所流的血。我猛然察覺，此事還是不要明說得好，於是我低頭垂眼，一本正經地應了聲「是的」。

局長寫完文件後，對我說道：

「是否要起訴你，由檢察官決定，你最好打通電話或是電報給你的擔保人，請他今天到橫濱的地檢署走一趟。你應該有監護人或擔保人吧？」

我猛然想起經常在家父的東京別墅進出的一位書畫古董商，名叫澀田。

他和我們是同鄉，身材矮胖，年約四旬，至今仍是單身，總是在家父身旁逢迎拍馬，他就是我學校的保證人。他的臉，特別是眼睛，長得很像比目魚，所以家父總是叫他比目魚，我也都這麼稱呼他。

我向警察借來電話簿，查出比目魚家的電話號碼，打了電話給他，請他到橫濱地檢署一趟。比目魚就像變了個人似地，說起話來趾高氣昂，但還是同意了我的請託。

「喂，電話最好消毒一下，因為他吐血呢。」

我回到保護室後，局長扯開嗓門向員警們如此吩咐的聲音，傳進坐在保護室的我耳中。

過了中午，我身上綑綁著一條細麻繩，以披風遮掩，麻繩的另一頭握在一名年輕員警手中，兩人一同搭電車前往橫濱。

我沒有絲毫的不安，反倒開始懷念起警局的保護室和那名老警察，唉，我到底是怎麼了？被當作罪犯五花大綁，卻覺得鬆了口氣，心情平靜不少，即便此刻下筆為文，回想當時的心境，還是覺得怡然閒適。

然而，在當時懷念的回憶中，我唯獨犯了一項悲慘的錯事，令我冷汗直流，永生難忘。當時我在地檢署的昏暗房間裡接受檢察官簡單的偵訊。那名檢察官年約四旬，看起來個性沉穩（如果我算是相貌俊秀，那肯定是帶有淫邪之氣的俊秀，但檢察官的長相卻可說是標準的俊秀，伴隨充滿智慧的文靜氣息），不像是個凡事斤斤計較的人，所以我也解除了戒心，心不在焉地陳述經過。但這時突然咳了起來，我從袖口拿出手帕，驀然望見上面的血漬，一時心中浮現卑劣的詭計，想說咳嗽或許又能派上用場，於是我又誇張地加上兩聲假咳，以手帕掩嘴，瞄了檢察官一眼。就在這時，他露出沉穩的微笑問道：「這是真咳嗎？」

我嚇得冷汗直冒，不，即使現在回想，還是感到心慌意亂。中學時代，那個傻瓜竹一曾戳著我的背，說我是故意的，一腳把我踢落地獄深淵，此刻我心中的驚慌，比起當時可說是有過之而無不及，這話一點都不誇張。這兩件事，是我生平演技穿幫的紀錄。有時我甚至心想，比起遭受這名檢察官語氣平穩的侮辱，我寧可他直接宣判我十年徒刑。

最後我獲得緩起訴。但我仍悶悶不樂，以悲戚的心境坐在地檢署休息室的長椅上，等候擔保人比目魚前來。

透過背後高高的窗戶可以望見空中的晚霞，海鷗排成一個「女」字形，朝天際飛去。

第三手札之一

竹一的預言，一個成真，一個落空。那個說來一點都不光采的預言成真了，而另一個說我一定會成為偉大畫家的祝福預言卻成了空話。

我只成了一名沒沒無聞的漫畫家，為三流雜誌畫低俗的漫畫。

由於鎌倉的殉情事件，我被高等學校退學，住在比目魚家二樓一間三張楊楊米大的房間裡，老家每個月寄來微薄的生活費，不是直接寄給我，而是暗中送到比目魚手上（而且似乎是老家的兄長們，瞞著家父暗中送錢）。我就此與故鄉的家人完全斷絕聯繫，比目魚也總是擺著張臭臉，即使我一再陪笑，他仍是不笑，而且總是再三警告我「不准出去。總之，別出去就對了」。那模樣與先前簡直可說是判若兩人，教人吃驚，不，應該說是覺得滑稽才對，沒想到人類變臉就像翻書一樣簡單。

比目魚就像在監視我，怕我自殺，換言之，他認定我有追隨那名女子投海尋短之虞，嚴禁我外出。但我既不能喝酒，又不能抽菸，從早到晚盡是窩在二樓房間的被爐裡翻舊雜誌，過著白痴般的生活，我早已連自殺的力氣都磨光了。

比目魚的住所位在大久保醫專附近，儘管「書畫古董商」、「青龍園」這類的招牌文字寫得響亮，但不過是一棟雙戶住家，而且他只是其中一戶，店門口也很窄小，店內塵埃密布，破爛四處堆放（原本比目魚就不是靠店裡這些破爛營業維生，他是將某位大老闆的珍藏品轉賣給另一位大老闆，從中穿線牟利）。他幾乎都不坐在店內，總是一早便板著張臉匆匆出門，只留下一名十七、八歲的小夥子。這小鬼負責監視我，只要一有空，他便找附近的小孩玩傳接球，似乎把我這個二樓的食客當成傻瓜或瘋子看待，甚至像長輩一樣對我說教。由於我生性不與人爭辯，所以常擺出既像疲憊又像佩服的神情聆聽，表現得極為服從。這名小夥子是澀田的私生子，因為某個苦衷，澀田並未與他以父子相稱，而且澀田始終是個王老五，似乎也和此事有關。我隱約記得曾聽家人提過這項傳聞，但我向來對別人的事興趣缺缺，所以對詳情一無所悉。不過，小夥子的眼神總會讓人聯想到魚眼珠，所以他或許真是比目魚的私生子……若真是如此，這對父子還真是落寞啊。他們兩人常夜裡瞞著人在二樓的我，默默吃著外送的蕎麥麵。

在比目魚家裡，三餐都交由小夥子料理，給二樓食客吃的飯菜會另外裝在托盤裡，餐餐由他端進二樓，至於比目魚和小夥子，則是在樓下那四張半榻榻米大的潮濕房間裡匆忙地用餐，不時發出餐盤碰撞的乒啷聲響。三月底的某個黃昏，比目魚不知是意外想到了謀財之道，還是另有陰謀（就算這兩項推測都猜中了，他可能還是另有好幾個我猜想不到的原因），請我坐進樓下那難得擺上酒壺的餐桌，這名請客的主人吃著鮪魚生魚片（不是比目魚），讚賞有佳，還向我這名一臉茫然的食客勸酒。

「今後你有何打算？」

我默而不答，從桌上的盤子裡挾起沙丁魚乾，望著小魚的銀色眼珠，微感醉意上湧，我懷念起昔日四處玩樂的時光，甚至想念起堀木，我渴望「自由」，差點就此輕聲啜泣。

自從搬進比目魚家之後，我連搞笑的力氣也沒了，在比目魚和小夥子的輕蔑目光下，我終日躺臥床上。比目魚並不想和我促膝長談，我也絲毫不想追上前向他訴苦，我幾乎已澈底成為一名行屍走肉的食客。

「所謂的緩起訴，表示你不會成為一名前科累累的慣犯。所以只要你有心，就能重新振作。如果你洗心革面，主動找我認真商量的話，我也會幫你想想辦法。」

比目魚的說話方式，不，應該說世上每個人的說話方式，總是如此複雜模糊，總帶有一種微妙而又不負責任的複雜性。對於他們那多此一舉的戒心，以及多得數不清的心眼，總教我不知如何應對，進而抱持自暴自棄的心態，以搞笑來蒙混，或是默默頷首，任憑對方處置，採取失敗認輸的態度。

日後我才知道，當時比目魚只需要簡單扼要地告訴我實情，一切便可迎刃而解，但是他多此一舉的提防，不，應該說是世人那無法理解的虛榮與重臉面的心態，讓我心情無比沉重。

比目魚當時要是能簡短地對我這麼說就好了。

「不論是公立學校還是私立學校都好，總之，你從四月開始，隨便找間學校讀吧。只要你入學就讀，你老家就會給你送來更多的生活費。」

日後我才明白，其實就是這麼回事。若是他這麼說，我應該也會乖乖聽從他的吩咐才對。但只因比目魚過於謹慎，採取如此拐彎抹角的說話方式，害我莫名其妙地鬧起彆扭，人生方向也就此完全變調。

「如果你無意認真和我商量的話，那也沒辦法了。」

「商量什麼？」

我真的毫無半點頭緒。

「就是你心裡想的事情啊。」

「比如呢？」

「還問我呢。你今後到底有何打算？」

「你的意思是，我應該去工作？」

「不，我的意思是，你到底心裡在想什麼？」

「可是，就算我想上學也……」

「那需要錢。但問題不在於錢，在於你心裡的想法。」

你老家會替你送錢來——他為何不直截了當地這麼說呢？只要有這句話，我應該就會打定主意，但當時我仍身陷五里霧中。

「你怎麼想？你是否對未來抱持任何期待？照顧一個人有多難，這不是受照顧的人能懂的。」

「真抱歉。」

「其實我很擔心你。既然我答應要照顧你，就不希望你抱持這種隨隨便便的態度。希望你能展現出想要重新做人的決心。就以你未來的方針來說吧，要是你主動來找我商量這件事，我也會聽你的意見，幫你想辦法。我很窮，能給你的援助有限，所以你要是想過以前那種奢侈的生活，那你可就得失望了。不過，要是你腳踏實地，清楚擬定日後的方針，而來找我商量的話，儘管我能幫你的不多，還是會努力幫忙，讓你重新出發。我的用心你懂嗎？你今後到底有何打算？」

「如果你不讓我繼續住二樓，那我就去工作……」

「你是說真的嗎？現在這個世道，就算是帝國大學畢業的大學生，也不容易找到工作呢……」

「不，我不是要上班賺錢。」

「那你想怎樣？」

「我要當畫家。」

我堅決地說出這句話。

「什麼？」

比目魚縮著脖子大笑，他當時那狡獪的身影，我永生難忘。像是輕蔑，卻又不太一樣，若把這世間比作大海，在那千丈深的海底，就飄蕩著這種詭異的影子，那是能讓人一窺成人內面生活的笑臉。

「這樣的話，我們就沒什麼好談的了。你一點都不腳踏實地。你好好想一想，趁今晚認真地思考。」他說完後，我就像被驅趕似地走上二樓，躺在床上，腦中一片空白。天明時，我就從比目魚家中逃跑了。

我一定會在傍晚回來。將前往左述友人的住處，商討未來方針。請不必替我擔心。我向你保證。

我用鉛筆在信紙上寫了這幾個大字，接著寫下堀木正雄的姓名和位於淺草的住址，悄悄溜出比目魚家。

我並非因為比目魚對我說教，心懷忿恨，才逃離他家。而是因為我的確如比目魚所言，是個不懂得腳踏實地的男人，對未來的方針，心中完全沒譜，若繼續待在比目魚家吃閒飯，對他也過意不去。想到萬一我發憤圖強，立定志向，那貧窮的比目魚每個月還得出錢資助我，當作是我重新做人的資金，我便極度良心不安。

不過，我並非是真的為了找堀木這種人討論「未來的方針」，才逃離比目魚家。其實，我只是想讓比目魚暫時安心（我不是為了想爭取時間逃得更遠，才按照偵探小說中常有的策略，留下這封信，不，這種念頭多少也有一點，但正確來說，我是害怕會突然令比目魚過於震驚，而慌亂不知所措。雖然知道事跡一定會敗露，但我更害怕如實說出，所以想辦法掩飾，這是我可悲的性格之一，它與世人鄙視的「說謊」特質很相似，但我幾乎從未為了替自己牟利而加以掩飾，我只是害怕那陡然改變的尷尬氣氛，那令我感到窒息。因此，就算明白事後會對自己不利，但基於「全力提供服務的精神」，即便它再怎麼因為被扭曲而變得微弱，再怎麼愚不可及，我大多還是會以言語加以修飾。不過話說回來，這種習性也很常被世人所謂的「正人君子」利用），所以我當時便照著記憶，在信紙旁寫下堀木的住址和姓名。

我步出比目魚家，一路走到新宿，賣掉身上的書，最後還是走投無路。我對每個人都很和善，卻從未真切感受到何謂「友情」。像堀木這種酒肉朋友另當別論，不論我與誰交往，都只感受到痛苦，為了排遣痛苦，我努力扮演丑角，反而讓自己筋疲力竭。在路上看到熟人的面孔，甚至只是模樣相似的面孔，我都會大吃一驚，感到一股令人暈眩的戰慄襲遍全身。儘管明白自己受人喜愛，但我似乎欠缺愛別人的能力（不過話說回來，世人是否真有「愛」的能力，我深感懷疑）。像我這種人，不可能會有所謂的「摯友」，我甚至沒有「拜訪」別人的能力。別人的家門對我來說，比《神曲》中的地獄門還要陰森可怕，我甚至能真切感受到門內潛伏著如同可怕惡龍般，全身散發腥臭的怪獸，我可一點都沒誇大其辭。

我沒和任何人往來。我沒人可以拜訪。

堀木。

這正是所謂的弄假成真。我決定照信上所寫，前往堀木位於淺草的家中拜訪。我從未造訪過堀木家，通常是打電報叫堀木來找我，但現在我連籌措電報費都有困難，而且我這副落魄的模樣，光一通電報，堀木恐怕是不會來的。於是我決定展開自己視為畏途的「拜訪」，嘆了口氣，坐上市內電車。當我明白自己在這世上唯一的救星可能就是堀木時，不禁感到一股可怕的寒意遊走全身。

堀木在家。他家是一棟雙層建築，位於骯髒的小巷弄內，他的臥房是二樓一間六張榻榻米大的房間，堀木年邁的父母和一名年輕工匠，三人在一樓縫縫補補、敲敲打打，忙著製作木屐鞋帶。

那天，堀木讓我見識到他身為都市人全新的另一面。那正是俗話所說的見縫插針。一個冷漠、狡猾的自私鬼，足以令我這個鄉下人大感錯愕，瞠目結舌。他不像我，是個沒主見、搖擺不定的男人。

「你真是太令我吃驚了。你老爸原諒你了嗎？還是沒有？」

我逃走的事，實在說不出口。

我還是老樣子，蒙混搪塞。雖然肯定馬上就會被堀木發現，但我仍舊選擇敷衍。

「總會有辦法的。」

「喂，這不是開玩笑的。給你個忠告，再怎麼傻，也該有個限度。我今天有事要忙，我最近忙得不可開交。」

「有事要忙？什麼事？」

「喂，別把坐墊的繩子弄斷啦！」

因為我一面說話，一面無意識地以指尖把玩坐墊四角如穗狀流蘇的其中一條絲線（不知是坐墊的綁繩還是綁帶），用力拉扯。只要是家裡的物品，就算只是坐墊的一條絲線，堀木似乎也很愛惜，一點都不會為此難為情，所以他橫眉豎目地指責我。仔細一想，堀木與我交往的這些日子，從來沒有付出。

堀木的老母端著托盤，上頭放了兩碗年糕紅豆湯。

「哎呀……」

堀木一副孝子的模樣，對母親畢恭畢敬，應對用語也客氣得不太自然。

「真是辛苦您了，年糕紅豆湯是吧？真豐盛。您大可不必這麼費心的，因為我馬上就要出去辦事了。不過，您特地煮了拿手的年糕紅豆湯，不吃實在可惜。那我就好好享用吧。你也來一碗吧。這可是我媽特地做的哦。啊，這好吃。太豐盛啦！」

他一臉開心的模樣，吃得津津有味，完全不像在演戲。我也喝了一口，但只喝到了白開水的味道，接著吃了一口年糕，覺得那不像年糕，而是莫名其妙的東西。我絕非瞧不起他們的貧窮（當時我不覺得難吃，而且很感念他母親的用心。儘管我對貧窮心懷恐懼，但絕無半點輕蔑之心）。藉由那年糕紅豆湯以及陶醉其中的堀木，讓我見識到都市人質樸的本性，以及有清楚表裏之分的東京家庭真實的一面。只有我這個蠢蛋不懂得內外之別，一直不斷逃避人類的生活，最後孤立無援，甚至連堀木也棄我於不顧。我對此深感狼狽，拿著漆面斑駁的筷子，心中感到無比落寞，只想寫下當時的心情。

「不好意思，我今天有事要辦。」堀木起身穿上上衣，如此說道。「我先走一步了，抱歉啊。」

這時正好有位女性訪客前來，我的命運也隨之轉變。

堀木登時變得朝氣蓬勃。

「啊，真是對不住。我正想去找您呢，誰知道突然來了這名不速之客，不，別理他沒關係，來，請進吧。」

堀木似乎頗為慌亂，我取出自己坐的坐墊，翻面後遞出，他一把搶去，再度翻面，請那名女子就座。房裡除了堀木的坐墊外，就只有這塊客人用的坐墊。

女子身材高挑清瘦。她將坐墊擺在一旁，坐在入口附近的角落。

我心不在焉地聽著兩人的對話。她好像是雜誌社的人，委託堀木幫忙畫插畫之類的，眼下專程前來取稿。

「我們急著用呢。」

「已經畫好了。早就畫好了。在這裡，請過目。」

這時傳來了電報。

堀木看過後，原本喜孜孜的表情，轉為板起臉孔。

「啐！你這是什麼意思！」

那是比目魚傳來的電報。

「總之，你趕快回去。我要是能送你回去就好了，可是我現在沒那個閒工夫。明明就離家出走，竟然還一副若無其事的模樣。」

「您府上在哪兒？」

「在大久保。」我脫口應道。

「那離我公司很近呢。」

女子是甲州人，二十八歲。與快滿五歲的女兒相依為命，住在高圓寺的公寓裡。喪夫至今已快三年。

「你的成長過程，好像吃了不少苦呢，難怪這麼細心。真是可憐。」

我開始過起小白臉般的生活。靜子（那位女記者的名字）出門到位於新宿的雜誌社上班後，我便和她那名叫茂子的五歲女兒一起看家。在這之前，靜子不在家時，茂子總是和公寓的管理員玩耍，現在來了一位「細心」的叔叔，茂子似乎非常開心。

我迷迷糊糊地在那裡待了一星期左右。公寓窗外的電線上掛著一面風箏，被塵沙密布的春風吹得破爛不堪，但還是緊纏著電線不放，就像在點頭般，每次我看了總不禁苦笑、臉紅，甚至做噩夢。

「我需要錢。」

「需要多少？」

「很多。……俗話說『床頭金盡，情緣兩斷』，看來不假。」

「別說傻話了，這種老派的說法……」

「是嗎？我看是妳一點都不懂。再這樣下去，我也許會逃離這裡。」
「到底是誰窮，又是誰要逃離呢？真是奇怪。」
「我要自己賺錢。用我賺來的錢買酒、買菸。我的畫應該遠比堀木還好才對。」
這時我腦中浮現的，是中學時畫的那幾張自畫像，亦即竹一口中的「妖怪」。我遺落的傑作。它們在多次的搬遷中遺失，但正因如此，我更覺得它們是出色的畫作。之後我嘗試過各種畫法，卻遠遠不及記憶中那些傑作的水準，因此始終為一種心靈空虛的失落感所苦。
一杯喝剩的苦艾酒。
我悄悄描繪那永遠無法彌補的失落感。一提到畫，我眼前便會浮現一杯喝剩的苦艾酒，啊……真想讓她見識那種畫，讓她相信我繪畫的長才，這股焦躁折磨著我。
「呵呵，畫得怎樣啦？看你一臉正經地開著玩笑，還真是可愛呢。」

我才沒開玩笑呢，我是認真的。啊……真想讓她見識那種畫，我對自己的徒勞無功煩悶不已，突然間，我心念一轉，放棄了原先的念頭。

「漫畫。至少我的漫畫一定畫得比堀木好。」

我這敷衍的玩笑話，反而讓她信以為真。

「說的也是。其實我也很佩服你呢，你常畫給茂子看的漫畫，連我看了都忍不住笑出聲來。你要不要試試看？我可以幫忙向雜誌社的總編輯拜託看看。」

她們這家雜誌社發行的月刊雜誌是以兒童為訴求，沒什麼名氣。

……一看到你，大部分的女人都會想為你做些什麼。……你總是一副戰戰兢兢的模樣，卻又是個滑稽的人物。雖然有時會獨自一人，顯得意志消沉，但那模樣更是令女人為之心動。

靜子還說了許多話恭維我，但一想到那是小白臉的卑賤特質，我益發「消沉」，整天提不起勁。我心中暗忖著金錢比女人重要，想逃離靜子，獨力生活，偷偷開始安排一切，但最後仍愈來愈依賴靜子，包括我離家出走的善後工作等等，幾乎全都由這位巾幗不讓鬚眉的甲州女人一手打點，我也不得不對她愈來愈「戰戰兢兢」。

在靜子的安排下，比目魚、堀木、靜子展開協商，我就此與老家斷絕關係，與靜子「光明正大」地展開同居生活。而且在靜子的奔走下，我的漫畫竟然也能賣錢了，我用賺來的錢買酒、買菸，可是我的不安和鬱悶卻不減反增。我日漸消沉，開始為靜子的雜誌社畫每個月連載的漫畫《金太與太田的冒險》之後，我猛然想起了故鄉，因心中備感落寞，無法執筆，有時還會低頭落淚。

當時稍稍能帶給我慰藉的，就只有茂子。她當時總是毫不避諱地叫我「爸爸」。

「爸爸，聽說只要向神明祈禱，什麼願望都能成真，這是真的嗎？」

我才想祈禱呢。

神啊，請賜我冷靜的意志。讓我知曉「人類」的本質。人們相互排擠，這樣不算罪過嗎？請賜我憤怒的面具。

「沒錯。如果是茂子的話，許什麼願望應該都會成真吧。爸爸可能就不行了。」

我甚至連神明都懼怕。我不相信上天的愛，只相信上天的懲罰。所謂的信仰，我覺得那不過是為了接受神明的懲罰，而垂首面向審判臺。我相信地獄，卻怎麼也不相信天國的存在。

「為什麼爸爸不行？」

「因為我不聽爸媽的話。」

「哦？可是大家都說爸爸是個好人耶。」

因為我欺騙大家。我也知道這棟公寓裡的人，個個都向我表示善意，但我是多麼懼怕他們啊。我愈是懼怕，愈是受他們喜歡；而我愈是受他們喜歡，愈是害怕，最後非得離他們而去不可。我這不幸的毛病，實在很難向茂子解釋。

「茂子，妳想向神明祈禱些什麼呢？」我不經意地改變話題。

「我想要一個真正的爸爸。」

我為之一驚，感到天旋地轉。敵人。我是茂子的敵人？或者她是我的敵人？總之，茂子的表情在那一刻透露出——這裡也有一個威脅我的可怕大人，一個外人，無法理解的外人，充滿祕密的外人。

原本以為只有茂子例外，沒想到她也同樣暗藏著「會突然甩動拍死牛虻的牛尾巴」。從那之後，我連對茂子也得戰戰兢兢。

「色魔！你在家嗎？」

堀木又開始上門來找我了。我從比目魚家逃離的那天，他讓我感到如此孤單落寞，但我卻無法拒絕他，甚至還微笑相迎。

「聽說你的漫畫很受歡迎呢。業餘畫家就是這麼不知天高地厚，真受不了。不過，你可別太輕忽喔，你的素描根本就爛透了。」

他展現出宛如師傅般的態度。要是我讓他見識我畫的「妖怪」畫像，不知他會作何表情？我為之前的徒勞無功感到煩悶，同時對他說道：

「別這麼說嘛，我都快放聲尖叫了。」

堀木愈發得意地說道：「要是只有圓融處世的才能……總有一天會暴露出你的缺點。」

圓融處世的才能？我聞言後只能苦笑以對。我有圓融處世的才能？像我這種害怕人類，避之唯恐不及，總是蒙混掩飾的人，竟然與俗話所言的「多一事不如少一事」、奉行此種處世原則的狡猾人士一樣？唉，人類總是不了解彼此，儘管完全錯看對方，卻仍以為自己是對方獨一無二的摯友，終生未能察覺，待對方死後，還上門弔唁涕零，不是嗎？

堀木畢竟（他肯定是在靜子的施壓下，才勉為其難地接受這份差事）是我離開比目魚家的那起善後事件的見證人之一，所以他儼然像是助我重新做人的大恩人或是月下老人般，擺出高姿態，一本正經地向我說教，還常三更半夜喝得醉醺醺地跑來過夜，有時還開口向我借五圓（每次一定都是五圓）花用。

「不過，你玩女人的毛病也該改一改了。再這樣下去，世人是不會原諒你的。」

什麼是世人？人類的複數嗎？哪裡有所謂世人的實體存在？不過，過去我一直當它是強悍、嚴厲、可怕的存在，如今聽堀木這麼說，我差點脫口說出「所謂的世人，不就是你嗎？」

但我不想惹惱堀木，所以又把來到嘴邊的話吞了回去。

（世人是不會原諒你的。）

（我看不是世人，是你不會原諒我吧？）

（要是做這種事，世人會給你苦頭吃的。）

（不是世人，是你才對吧？）

（總有一天，世人會葬送你！）

（不是世人葬送我，是你才對吧？）

搞清楚你自己有多麼可怕、古怪、毒辣、狡詐、陰森吧！許多話語我在心中一再反覆，但我只是以手帕拭去臉上的汗水，笑著說：「這話令我冷汗直流啊。」

但從那時起，我便擁有了一種「所謂的世人，不就是個人嗎？」的觀念。

自從開始認為「世人就是個人」之後，比起過去，我已稍微能夠按照自己的意思行事。借用靜子的話來說，我變得有些任性，不再那麼戰戰兢兢。另外，借用堀木的話，我變得小氣許多。再借用靜子的話，我已不太疼愛茂子了。

我沉默寡言、不帶笑容，每天一面看顧茂子，一面配合各家出版社的邀稿（除了靜子的雜誌社外，也漸漸開始有其他公司向我邀稿，但都是比靜子的公司還要低俗的三流出版社），畫《金太與太田的冒險》、明顯模仿《悠哉老爸》的《悠哉和尚》，以及惡搞主題，連我自己都感到莫名其妙的連載漫畫《急驚風阿平》等等。其實我是抱持著憂悶的心情，為了賺酒錢，慢吞吞地（我運筆的速度算是非常緩慢）畫這些漫畫。每當靜子從雜誌社返家，我便和她換班，外出前往高圓寺車站附近的小攤或小酒館，喝便宜的烈酒，待黃湯下肚心情開朗後，才重回公寓。

「我愈看愈覺得妳的長相古怪。悠哉和尚的長相，其實就是從妳睡臉得到的靈感。」

「你的睡臉也同樣蒼老許多，活像個四十歲的男人。」

「還不都是妳害的，我都要被妳榨乾了。浮萍人生似水流，何苦愁悶川邊柳。」

「別鬧了，快睡吧。還是你要吃飯呢？」

她心平氣和，不理睬我。

「如果是酒我就喝。浮萍人生似水流，浮萍人流……不，浮萍人生似水流。」

一面哼唱，一面讓靜子幫我脫衣，前額抵在她胸前沉沉睡去，這便是我的日常生活。

日日同樣的事一再反覆不息，
只需遵照與昨日相同的慣例。
若能避開猛烈的狂喜，
自然不會有悲矜來襲。
阻擋去路的巨石，
蟾蜍會繞路而行。

當我讀到上田敏[*1]翻譯查爾．柯婁[*2]的這首詩句時，突然滿臉羞紅，熾熱如同火燒。

*1 一八七四～一九一六，日本評論家、詩人、翻譯家。

*2 Guy-charles Cros，一八七九～一九五六，法國象徵主義時期詩人。

蟾蜍。

（這就是我。世人對我不會有什麼原不原諒，或是葬送與否的問題。我是比貓狗還不如的動物。是蟾蜍。只會慢吞吞地爬行。）

我酒愈喝愈凶。不光是在高圓寺車站附近喝，也上新宿、銀座喝，有時甚至外宿不歸，我只是不想遵照「慣例」。我在酒吧裡佯裝成無賴漢，見人就親。換言之，我喝酒的模樣又變得像殉情之前一樣，不，比那時候還要放縱粗野，沒錢花用，就拿靜子的衣物去典當。

自從來到這裡，望著那破爛的風箏苦笑，至今已過了一年多。在櫻花樹冒新葉的時節，我再次偷偷帶著靜子的腰帶和貼身襯衣上當舖，以換來的錢在銀座暢飲，接連兩晚外宿。到了第三天晚上，我終究還是覺得過意不去，無意識地躡腳走回靜子的公寓住處，這時，從房內傳來靜子與茂子的對話。

「為什麼要喝酒？」

「爸爸並不是因為喜歡酒，所以才喝酒。是因為他人太好了……」

「好人就會喝酒嗎？」

「也不是這麼說……」

「爸爸一定會嚇一跳。」

「也許會討厭哦。妳看，又從箱子裡跳出來了。」

「就像急驚風阿平一樣。」

「是啊。」

我聽見靜子那發自內心的幸福輕笑。

我把門微微打開一道細縫，往裡頭窺探，發現一隻小白兔。牠正在房內跳來跳去，母女倆追著牠跑。

（她們真是幸福。像我這種渾蛋夾在她們兩人之間，總有一天會毀了她們。低調的幸福。一對好母女。啊……倘若上天肯聆聽我這種人的祈禱，只要一次就好，就算一生只有那麼一次也好，我祈求您賜予幸福。）

我好想就地蹲下身，合掌祈禱。但我悄悄關上門，再次前往銀座，從此再也沒踏進公寓半步。

接著，我又在京橋附近的一家小酒館二樓，過起小白臉的日子。

世人。看來，我似乎也隱約明白什麼是世人了。它是個人與個人之爭，而且是當下立即之爭，只要當場能戰勝即可。人絕不會服從他人，即便是奴隸，也會以奴隸的方式展開卑屈的反噬。所以人們除了藉由當場一決勝負外，沒有其他生存之道。儘管標榜著堂而皇之的名義，但努力的目標必定是個人，超越個人之後還是個人，世人的難題便是個人的難題；大海指的不是世人，還是個人，這令我從世人這個大海幻影的恐懼中獲得解放，不再像過去那樣，對事事皆小心謹慎，沒有窮盡。也就是說，我逐漸學會因應眼前的需要，使出厚臉皮的本事。

我捨棄高圓寺的公寓，向京橋一家小酒館的老闆娘說了一句「我跟她分手了」，這樣便已足夠。換句話說，我已憑一擊分出勝負，大搖大擺地住進她二樓的房間。不過，理應很可怕的「世人」，卻未加害我，而我也未向

「世人」做任何解釋。只要老闆娘同意，一切都不是問題。

我既像店裡的客人，也像老闆，像是店裡的跑腿，也像親戚。看在外人眼中，我理應是個來路不明的傢伙，但「世人」毫不質疑我的身分，店內的常客總是「小葉、小葉」地叫我，對我非常友善，還請我喝酒。

我逐漸對世人不再小心提防，覺得世人並沒那麼可怕。換言之，過去我的恐懼，就像是被「科學迷信」恐嚇一般，例如春風中有數十萬隻百日咳的細菌；澡堂裡有害人眼盲的細菌；理髮店裡有數十萬隻禿頭病的細菌；省線電車的吊環裡，有無數的疥癬蟲攢動；生魚片或沒烤熟的牛肉、豬肉裡，一定藏有絛蟲或吸蟲的蟲卵；如果赤腳走路，玻璃碎片從腳掌鑽進體內，碎片會在體內四處跑，戳破眼珠讓人失明等等。的確，就「科學」的眼光來看，空氣中有數十萬隻的細菌四處攢動，也許真有其事。但我也明白，若是我完全抹煞其存在，它們便與我秋毫無涉，成為可以瞬間消失於無形的「科學幽靈」。便當盒裡吃剩的三粒米，倘若一千萬人一天都剩下三粒，便形同浪費了好幾大袋白米；或是一千萬人一天都節省一張擤鼻涕紙，可以省下多少紙漿，諸如此類的「科學統計」，可真是把我嚇慘了。每次我只要有一粒米沒吃完，或是拿紙擤鼻涕，眼前便會出現被浪費的白米和紙漿堆積如山的錯覺，令我苦惱不已、心情沉重，彷彿我犯下什麼重罪似的。不過，這正是「科學的謊言」、「統計的謊言」、「數學的謊言」，三粒米根本無法像這樣聚集，就算作為加減乘除的應用問題，這也不過是個粗淺又低能的題目。如同熄燈的昏暗廁所裡，平均每多少人就會有一人踩進糞坑裡，或是省線電車的乘客當中有多少人會失足掉入電車門與月臺外緣間的縫隙中，要計算其機率有多少，實在愚不可及。雖然這是有可能發生的事，但因為沒跨好糞坑而受傷的例子，根本就從未聽聞。我被人灌輸這種假設，當作是「科學事實」，並信以為真，恐懼不已，這讓我同情起過去的自己，甚至有點想笑，我也因此開始慢慢了解世人的真面目。

話雖如此，我對人類還是感到恐懼，要和店內的客人見面，得先一大杯黃湯下肚才行。因為我要見的是可怕的東西。儘管如此，我還是每晚在店裡露面，就像小孩子看到害怕的小動物，反而愈是緊緊握在手中一樣，我甚至藉著酒醉，向店內客人吹噓不入流的藝術論。

漫畫家。唉，可惜我是個沒有大喜大悲的無名漫畫家。即便日後降臨大悲也無妨，我只渴望此刻放縱的極度歡樂，雖然內心如此焦急，但我目前的快樂，就只是與客人扯東道西，喝客人請我喝的酒。

來到京橋後，我過著這種無聊的生活將近一年，我的漫畫不只刊登在兒童雜誌上，也出現在車站販售的一些粗俗猥褻的雜誌上，我以「上司幾太」*1的玩笑筆名，畫了一些下流的裸體畫，還在當中插進《魯拜集》*2的詩句。

停止那無謂的祈禱，
拋卻引人落淚之物。
來，喝一杯吧，遙想美好的事物，

*1 在日語中與「情死、生きた」（意為「殉情苟活」）同音。

*2 The Rubaiyat of Omar Khayyam

忘卻那累贅的顧慮。

以不安和恐怖威脅他人者，
畏怯自己造的滔天大罪，
為了防範死者的復仇，
終日腦中不斷算計。

昨夜，黃湯下肚，我心歡愉，
今朝醒來，徒留淒涼。
怪哉。一夜之隔，
心境竟能轉變如斯！

停止詛咒的念頭吧。

猶如那遠方傳來的鼓聲，
有股莫名的不安。
若連微不足道的小事也被一一問罪，肯定惟死路一條。

正義堪為人生的指針？
那麼，在血跡斑斑的戰場上，
暗殺的刀鋒上，
又存在著何種正義？

何處有指導原則？
又有何等睿智光芒？
美麗與恐懼並存的浮世，
懦弱的人子被迫扛起難以勝任的重荷。

正因我們種下無能為力的情慾種子，
才會受盡善惡罪罰的詛咒，
徬徨失措、無力回天，
因為上天未賜予我們意志的力量與意志。

你在哪裡徘徊遊蕩？
對什麼展開批評、檢討、重新認識？
嘿，莫非是空虛的夢想、不切實際的幻影？
嘿嘿，忘了喝酒，一切想法全是虛妄。

何不抬頭仰望那無垠蒼穹。
我們不過是漂浮其中的一粟。

豈知這地球是為何自轉！
自轉、公轉、反轉，一切隨它去吧。

到處都感受得到至高無上的力量，
所有國家，一切民族，
都能發現相同的人性。
莫非唯獨我是異類？

人人皆誤讀了《聖經》，
否則絕不會有常識與智慧。
嚴禁肉體之樂，戒除美酒入喉，
夠了，穆斯塔法，這最令我深惡痛絕！

但那時卻有位少女勸我戒酒。

「你每天一過中午就喝得爛醉，這樣不行喔。」

她是酒館對面香菸店老闆的女兒，約莫十七、八歲，名字叫好子，長得膚光勝雪，還帶有虎牙。每次我去買菸，她總會笑著給我忠告。

「為什麼不行？這樣有什麼不對？酒能喝多少就喝多少，人子啊，消除你心中的憎恨吧。古老的波斯人還提到……能給悲傷疲憊的心靈帶來希望的，就只有帶來微醺的玉杯，這樣妳懂嗎？」

「不懂。」

「臭ㄚ頭，當心我親妳喔。」

「那你親啊。」

她毫不害羞地噘起下唇。

「傻ㄚ頭，一點貞操觀念也沒有……」

不過，從好子的表情中，明顯嗅聞得出一股尚未被人玷汙的處女氣息。

正月剛過的某個寒夜，我醉醺醺地前往買菸，不小心跌入香菸店前的下水道洞口，我大叫「好子，救我」，她將我一把拉起，還替我治療右手的傷口。當時她收起笑容，心有所感地說道：「你喝太多了。」

我並不怕死，但若是受傷流血，變成殘廢，我可不要。我一面讓好子替我療傷，一面心想，酒也差不多該戒了。

「我要戒酒。從明天起，我滴酒不沾。」

「真的？」

「我一定戒。如果我戒了酒，好子，妳可願意嫁我？」

說要娶她的事，是句玩笑話。

「當好喔。」

所謂「當好」是「當然好」的簡稱。摩男（摩登男子）和摩女（摩登女子）都是那時流行的簡稱。

「好，打勾勾吧。我說戒一定戒。」

隔天，我又是一過午就喝酒。

傍晚時分，我搖搖晃晃地來到店外，站在好子的店門前。

「好子，對不起，我喝酒了。」

「哎呀，真討厭。故意裝成喝醉的樣子。」

我為之一驚，登時完全酒醒。

「不，我是說真的。我真的喝了酒，我不是假裝喝醉。」

「別跟我開玩笑，你好壞喔。」她絲毫不懷疑我。

「妳看就知道啦。我今天還是一過中午就喝酒，請妳原諒。」

「你真會演戲。」

「我才沒演戲呢。傻丫頭，當心我親妳喔。」

「來親啊。」

「不，我沒資格。娶妳的事，我也得死心才行。你看我的臉，很紅吧？

因為我喝了酒。」

「那是因為夕陽照射的關係。就算你想騙我也沒用，因為我們昨天約定好了，你不可能會喝酒的，做不到的人會受老天懲罰。你不可能會喝酒的，騙人、騙人、騙人。」

好子坐在昏暗的店內，嫣然一笑，那白皙的臉蛋，還有那不懂任何汙穢的童貞，是如此的尊貴。我過去從未和年紀比我小的年輕處女上過床。那就結婚吧。不論日後會因為這樣而遭遇再大的悲哀，也無所謂。一生總要有一次放縱的極度歡樂。雖然我原本認為處女的美，不過是愚昧詩人天真的感傷幻想，但沒想到它真的存在這世上。結婚後，等春天到來，我們兩人可以一起騎單車去看青葉瀑布。我當場下定決心，抱持所謂「一決勝負」的心理，毫不猶豫地盜走這朵鮮花。

不久我們便結婚了。從中得到的歡樂未必如想像中得大，但之後降臨的悲哀卻大得超乎想像，非一句淒慘能形容。對我而言，「世人」終究是深不可測的可怕對象。它沒那麼簡單，絕不是光靠「一決勝負」便可決定一切。

第三手札之二

堀木與我。

彼此輕視，卻又互相往來，使得彼此愈來愈無趣。若將這視為世上所謂的「交友」，那我和堀木之間一定就是「朋友」的關係。

在那家京橋小酒館的老闆娘俠義心腸的幫助下（女人的俠義心腸，是一種很奇怪的用語，不過根據我的個人經驗，至少就都會男女來說，女人遠比男人更有俠義心腸。男人做起事來大都戰戰兢兢，只重門面，而且又小氣），好子就此成了我沒有名分的妻子，我們在築地隅田川附近一間木造的二樓公寓，租下一個一樓的房間居住。我戒了酒，全力投入逐漸成為我固定職業的漫畫工作中。用完晚餐，我們兩人會一起出門看電影，回途順道進咖啡廳坐坐，或是買盆花，不，更快樂的是聽這位讓我打從心裡信賴的小新娘說話，看著她的一顰一笑。正當我開始隱隱感到心中有股甜甜的暖意，認為自己愈來愈像個正常人，不至於以悲慘的死法結束一生時，堀木卻又出現在我面前。

「嗨，色魔！咦？看你的模樣，好像稍微懂得人情世故了。今天我來，是代替高圓寺那位女士來向你傳話。」

說著說著，他突然壓低音量，朝人在廚房泡茶的好子努了努下巴，向我問道：「沒關係吧？」

「沒關係的，有話儘管說吧。」我神色平靜地回答。

事實上，好子真可說是信賴的天才，我和京橋那家小酒館老闆娘之間的關係就不用說了，就算告訴她我在鎌倉發生的那起事件，她也沒懷疑我和恆子之間的事。這並不是因為我善於說謊，有時我甚至說得很明白，但好子似乎都只當作是在聽我說玩笑話。

「看你還是一樣得意洋洋。其實也沒什麼事啦，她只是託我告訴你一聲，有空不妨也到高圓寺那裡坐坐。」

才剛要忘記，便有一隻怪鳥振翅飛來，以鳥喙戳破我記憶的傷口。我過去羞恥罪惡的記憶，立即清楚浮現眼前，一股想要放聲尖叫的恐懼，令我坐立難安。

「要去喝一杯嗎？」我說。

「好啊。」堀木應道。

我與堀木。兩人外形相似，有時甚至覺得是完全相像的兩個人。當然了，那只限於我們四處喝廉價酒的時候。不過，只要我們兩人一碰面，就會變成外形和毛色都相同的兩條狗，在下雪的小巷內四處奔走。

從那天之後，我們重修舊好，一起到京橋那家小酒館，最後這兩條喝得酩酊大醉的狗，還前往靜子位在高圓寺的公寓，留宿一晚才回家。

那是個令人難忘的悶熱夏夜。日暮時分，堀木穿著一件寬鬆的浴衣，來到我築地的公寓。他告訴我，今天他因為有急需，拿夏服去典當，但家中老母要是知道典當的事，那可不妙，他想馬上把衣服贖回，希望我能借錢給他。不巧我也同樣阮囊羞澀，於是我還是照老方法，吩咐好子拿她的衣服去典當。錢借給堀木後，還有些餘錢，我叫好子去買燒酒，我們兩人則是上公寓頂樓，吹著隅田川帶有水溝臭味的微風，設下一場略嫌骯髒的乘涼晚宴。

當時我們玩起猜測是喜劇名詞或悲劇名詞的遊戲。這是我發明的遊戲，名詞皆有陽性名詞、陰性名詞、中性名詞等區別，同樣地，應該也有喜劇名詞與悲劇名詞之分才對。例如輪船和火車都是悲劇名詞，市內電車和巴士則是喜劇名詞，不懂其中原因者，便不配談論藝術，只要劇作家在喜劇中夾雜了一個悲劇名詞，就沒資格吃這行飯，悲劇的情況亦同。

「聽好囉。香菸？」我開始發問。

「悲（悲劇的簡稱）。」堀木立刻回答。

「藥物呢？」

「藥粉還是藥丸？」

「注射。」

「悲。」

「是嗎？也有荷爾蒙注射呢。」

「不，鐵定是悲。我問你，針頭本身不就是個大悲劇嗎？」

「好，那算我輸吧。不過我告訴你，藥物和醫生卻都算是喜（喜劇的簡稱）喔。那麼，死呢？」

「喜。牧師和和尚也都是。」

「厲害。那麼，生是悲劇對吧？」

「不，生也是喜劇。」

「不，這麼一來，凡事不都成了喜劇。我再問你另外一個問題，漫畫家呢？你總不能說是喜劇了吧？」

「悲，是悲。一個大悲劇名詞。」

「原來你就是個大悲劇啊。」

一旦演變成這種低級的玩笑，就顯得很無趣，但我們認為在當時的上流聚會中也從未有人玩過如此聰明的遊戲，對此感到洋洋得意。

當時我還發明了另一個類似的遊戲，那就是反義詞的猜字遊戲。例如黑的反義詞是白，但白的反義詞卻是紅，紅的反義詞是黑。

「花的反義詞是什麼？」

經我這麼一問，堀木歪著嘴沉思。

「呃……有家料理店叫花月，所以是月。」

「不，這不是它的反義詞，倒不如說是同義詞。若照你這樣說，星星和紫羅蘭不就成了同義詞嗎？它不是反義詞。」

「我明白了。是蜜蜂。」

「蜜蜂？」

「牡丹上的……螞蟻？」

「搞什麼，那是畫題。別想藉此蒙混。」

「我懂了。不是有句話說，花遇叢雲嗎……」

「是明月遇叢雲吧？」

「有了。花對上風，是風，花的反義詞是風。」

「太遜了。那是浪花節*裡的文句吧？這下你可全洩了底。」

「不，是琵琶。」

「還是不對。花的反義詞……應該是舉這世上最不像花的東西才對。」

「所以是……等等，搞什麼嘛，是女人對吧？」

「順帶一問，女人的同義詞是什麼？」

「內臟。」

「你還真沒詩詞的涵養呢。那麼，內臟的反義詞是什麼？」

「牛奶。」

「這倒答得不錯。就照這樣維持下去，再來一題。恥的反義詞。」

「無恥。就是流行漫畫家上司幾太。」

*日本的傳統說書表演，配合三弦琴演出。

「那堀木正雄呢？」

從那時起，我們漸漸再也笑不出來，變得心情沉悶，彷彿腦中滿是玻璃碎片般。那是喝多了燒酒，酒醉後特有的感覺。

「你少猖狂。我可沒像你一樣，因犯罪而受過被綑綁的羞辱。」

我為之一驚。原來堀木心中，不曾真正把我當人看，他只當我是個苟活於世、不知羞恥的蠢貨，亦即所謂的「行屍走肉」，為了他一己的快樂，他竭盡所能地利用我，僅只是這種程度的「交友」。想到這裡，我實在開心不起來，但我馬上又轉念，堀木會這樣看我也是情有可原，我從小就沒資格當人，會被堀木瞧不起，也是理所當然的事。

「罪。罪的反義詞是什麼？這題很難喔。」我佯裝若無其事地說道。

「是法律。」

堀木平靜地回答，我因而重新望向他的臉。在附近大樓霓虹燈的閃爍紅光照耀下，堀木的臉看起來如同魔鬼刑警般，顯得威嚴十足。我為之一怔。

「喂，這應該不是罪的反義詞吧？」

竟然說罪的反義詞是法律！但或許世人都想得這麼簡單，安分地過生活。以為沒有刑警在的地方，就會有罪惡蠢蠢欲動。

「不然你說是什麼，是神嗎？因為你身上有種基督教徒的味道，我聞了就倒胃。」

「別隨便下定論。我們兩人再好好想想吧。這是個耐人尋味的題目，不是嗎？感覺從一個人回答這題目的答案中，就能完全了解他的一切。」

「怎麼可能嘛……罪的反義詞是善。善良的市民，也就是像我這樣的人。」

「別再開玩笑了。不過，善是惡的反義詞，卻不是罪的反義詞。」

「惡與罪難道有什麼不同嗎？」

「我認為不同。善惡的概念是由人所創造，是人類擅自塑造出的道德語詞。」

「還真囉嗦呢。既然這樣，那就是神了，是神。把一切都推給神準沒錯。我肚子餓了。」

「好子正在樓下煮蠶豆。」

「太好了，正是我愛吃的。」

他雙手交叉枕在腦後，仰躺在地上。

「你好像對罪完全不感興趣。」

「那當然。因為我不像你是個罪人。雖然我沉迷酒色，但不會害死女人，也不會騙走女人的錢。」

我沒害死人，也沒騙走女人的錢——儘管我心中全力發出這微弱的抗議之聲，不過又旋即心念一轉，認為確實是我不對。這是我的老毛病。

我始終無法正面與人辯論。由於喝多了燒酒，那陰鬱的酒醉感，令我心情益發激動，但我極力壓抑，幾乎可說是自言自語般地說道：

「不過，唯獨被關進牢裡這件事，不算是罪。我覺得只要明白罪的反義詞，就能掌握住罪的實體……神……救贖……愛……光明……可是，神有撒旦這個反義詞，救贖的反義詞應該是苦惱，愛的反義詞是恨，光明的反義詞是黑暗，善與惡、罪與祈禱、罪與懺悔、罪與告白、罪與……唉，全都是同義詞。罪的反義詞到底是什麼？」

「罪的反義詞是蜜*。甘甜如蜜。肚子好餓，去拿點吃的東西來吧。」

「你自己去拿不就得了。」

我以充滿怒火的聲音說道，幾乎可說是我有生以來第一次如此。

「好，那我就到樓下去，和好子一起犯罪吧。與其在這裡爭辯，不如實地調查。罪的反義詞是蜜豆，不，難道是蠶豆？」

他已醉得語無倫次。

「隨你便，你趕快消失吧！」

「罪與餓，餓與蠶豆，不，這是同義詞吧？」

他一面信口胡謅，一面站起身。

*日語中的「罪」（つみ），反過來說就是「蜜」（みつ）。

罪與罰。杜斯妥也夫斯基。這個想法倏然從我腦海中掠過，令我猛然一驚。搞不好杜斯妥也夫斯基不認為罪與罰是同義詞，而當它們是反義詞，刻意將這兩個字擺在一起呢……罪與罰是絕對不相通的兩個字，彼此水火不容。將罪與罰視為反義詞的杜斯妥也夫斯基，他筆下的綠藻、腐臭的水池、雜亂如麻的內心……啊，我有點懂了，不，還差一點……正當這些念頭像走馬燈似地在我腦中飛旋時——

「喂！好離譜的蠶豆啊。你快來！」

堀木的語氣和神情大變。他剛才搖搖晃晃地起身往樓下走，才一會兒工夫卻又折返。

「怎麼啦？」

周遭瀰漫著一股異樣的氣氛。我們兩人從頂樓走向二樓，再從二樓走向我位於一樓的房間，來到樓梯中央，堀木突然停步，指著某個地方悄聲對我說：「你看！」

我家房間上方的小窗開啟，可以望見房內。裡頭亮著燈，有兩隻動物。

我感到頭暈目眩，同時以急促的呼吸在心中低語——這也是人類的面貌，這也是人類的面貌，沒什麼好大驚小怪的。我甚至忘了出手解救好子，呆立於階梯上。

堀木朗聲咳了幾下。我則是逃也似地再度衝上屋頂，躺在地上，仰望飽含雨氣的夏日夜空。當時襲遍我全身的情感，既非憤怒，也非厭惡，更不是悲傷，而是極度的恐懼。那不是在墳場上對幽靈的恐懼，而是在神社的杉樹林裡，突然撞見身穿白衣的神明時，那種古老、強烈、不容分說的恐懼。我從那一晚開始少年白頭，漸漸對一切失去信心，漸漸對人感到無止境的懷疑，永久遠離對人世生活的一切期待、喜悅、共鳴。事實上，這是我人生中最具關鍵性的一起事件。我被迎面一刀砍中眉間，從那之後，每當我與人接觸，那傷口便隱隱作疼。

「我很同情你，不過這麼一來，你應該也稍微有些體認了吧。我不會再來你這裡了，這裡簡直就像地獄……你就原諒好子吧，反正你自己也不是多正經的傢伙。告辭了。」

堀木可沒那麼糊塗，會在這種尷尬的場所久待。

我站起身，獨自喝著燒酒，開始放聲嚎啕。淚水源源不絕。

不知何時，好子端著滿滿一盤蠶豆，一臉茫然地站在我身後。

「他說不會對我做什麼……」

「算了，妳什麼都不必說。妳就是不懂得懷疑別人。坐吧，一起吃蠶豆。」

我們並肩而坐，吃著蠶豆。唉，信賴也是一種罪嗎？那個男人年約三十歲左右，個頭矮小，是個不學無術的商人。每次來找我畫漫畫，總會裝模作樣地拿出一些錢擱著，然後才離去。

那名商人後來終究還是不敢再來了。不知為何，我沒那麼憎恨那名商人，倒是堀木，他一開始發現時，沒大聲咳嗽阻止，反而折回屋頂來通知我，這股忿恨不時在輾轉難眠的夜裡湧現，令我長吁短嘆。

這不是原不原諒的問題。好子是個信賴的天才，她不懂得懷疑別人，但正因為這樣才悲慘。

我問上蒼，信賴也是一種罪嗎？

對我來說，比起好子遭人玷汙，好子的信賴受到玷汙這件事，才是造成日後我幾乎無法活下去的苦惱根源。對我這種惹人嫌、畏畏縮縮、總是看別人臉色、信任別人的能力出問題的傢伙來說，好子那純潔無瑕的信賴心，猶如青葉瀑布那般清新怡人。但它卻在一夜之間化成黃濁的汙水。你看，好子從那一晚開始，連我的一顰一笑都很在意。

「喂。」

每當我叫她，她總會嚇一跳，目光不知該往哪兒擺。不論我再怎麼說笑話逗她笑，她始終一副驚慌失措、戰戰兢兢的模樣，胡亂用敬語和我說話。

難道純潔無瑕的信賴之心是罪惡的泉源嗎？

我四處找尋有夫之婦遭人侵犯的故事，但都沒人像好子一樣，遭受如此悲慘的侵害。這根本無法寫成故事。那名矮小的商人與好子之間，倘若有一丁點近似戀情的情感，或許我的心情反而會好受一些。然而，就是夏日的某個夜晚，好子相信了對方，僅只如此。而我也因此被人迎面一刀砍向眉間，聲音變得沙啞、白髮直冒，好子則是得終生過這種畏畏縮縮的日子。大部分的故事重點，似乎都擺在丈夫是否原諒妻子的「行為」上，但對我來說，我覺得這並不是多痛苦的大問題。有權利決定原諒與否的丈夫，或許才真是幸運，倘若認為妻子無法原諒，大可不必大吵大鬧，不如馬上離異，另謀新妻。要是做不到，只好「原諒」妻子，忍下這口氣。我甚至覺得，不管再怎麼樣，只要做丈夫的有心，各方面的事都能平息。換言之，像這樣的事件，對丈夫確實是重大的打擊，但儘管是「打擊」，卻又與無止息湧來的浪潮有所不同，有權決定的丈夫只要憑藉憤怒，便可處理這種問題。但以我的情況來說，我身為丈夫卻沒有任何權利，一想到這裡，我益發覺得是自己的錯，別說憤怒了，我甚至連一句牢騷都不敢發，而妻子則是因為她與生俱來的罕見特質，才遭人侵犯。她的特質相當惹人憐愛，而且她的丈夫以前也深感憧憬，那就是純潔無瑕的信賴之心。

純潔無瑕的信賴之心也是一種罪嗎？

我連那唯一可信賴的特質，都開始起了疑心，一切變得莫名其妙，我唯一感興趣的，只剩下酒。我變得面目可憎，終日在酒中浮沉，以致牙齒脫落，所畫的漫畫，也都近乎春宮淫畫。不，坦白說，我從那時就偷偷販售起自己臨摹的春宮圖，因為我需要錢喝酒。好子總是不敢正眼看我，畏畏縮縮，看到她這副模樣，我不禁心想——她是個完全沒戒心的女人，所以她也許不只一次和那名商人發生關係。那麼堀木呢？不，搞不好她和我不認識的人也有一腿。我起了疑心，但還是提不起勇氣當面質問她，受盡不安與恐懼的折磨，只敢在酒後，戰戰兢兢地試著採用卑屈的誘導訊問。我愚昧的內心忽喜忽憂，表面上卻是一味地搞笑，然後如同置身可憎的地獄般，對好子展開愛撫，就此鼾睡。

那一年歲末，我夜裡喝得爛醉如泥，返回家中，想喝杯糖水，但好子似乎已經熟睡，所以我自己到廚房找糖罐。我打開蓋子一看，發現裡頭沒半點砂糖，只放了一個細長的黑色紙盒。我隨手拿在手裡，看了貼在紙盒上的標籤，為之錯愕。那張標籤泰半已被人用指甲刮除，但仍留有英文的部分，清楚寫著「DIAL」這個字。

DIAL。我當時全靠燒酒助眠，沒用安眠藥，但失眠是我的老毛病，所以我熟知大部分的安眠藥。只要一盒DIAL的量，便足以致人於死。雖然紙盒尚未拆封，但好子肯定是有這個打算，才會刮除上面的標籤，偷偷藏在這裡。真可憐，因為她看不懂標籤上的英文，才會只用指甲刮去一半的標籤，便以為神不知鬼不覺（這不是妳的錯）。

我悄悄倒了杯水，然後慢慢撕開紙盒，一口氣把藥全部送入口中，冷靜地喝完杯裡的水，關燈就寢。

聽說我整整睡了三天三夜，與死無異。醫生認定是誤服過量，沒有報警。我醒來時說的第一句話，是「我要回家」。我口中的「家」所指為何，連我自己也不知道，總之，據說我說完後，大哭了一場。

眼前的霧漸漸散去，我定睛一看，比目魚擺著一張臭臉坐在我枕邊。

「上次也是挑在歲末的時候。大家正好都忙得不可開交，他卻偏挑年終歲末做這種事，總有一天我會賠上這條老命。」

比目魚如此說道，在一旁聆聽的，則是京橋那家小酒館的老闆娘。

「老闆娘。」我喚道。

「嗯，什麼事？你醒啦？」

老闆娘的笑臉罩在我臉上，如此說道。

我潸然淚下。

「讓我和好子分手吧。」我說出這番話，連自己都覺得意外。

老闆娘起身，微微嘆了口氣。

接著我又失言了，而且是出人意表的話語，不知該說是滑稽還是愚蠢。

「我要去沒有女人的地方。」

「哈哈哈」，比目魚率先朗聲大笑，老闆娘也呵呵而笑，連我自己也一面流淚，一面羞紅了臉，露出苦笑。

「嗯，這個主意好。」比目魚一直不正經地笑著。「你最好去沒有女人的地方。只要有女人在，你就沒轍。你說要去沒有女人的地方，真是個好主意。」

沒有女人的地方。我那愚蠢的胡言亂語，日後竟悲慘地實現了。

好子似乎認為我是代替她服毒自盡，因而在我面前更加畏縮，不論我說什麼，她就是不笑，也不好好跟我說話。我覺得待在公寓的房間裡煩悶透頂，因而老往外跑，還是和之前一樣，四處喝廉價酒。然而，從發生那起安眠藥事件後，我的身體明顯消瘦許多，總是手腳無力，畫漫畫老提不起勁。我用比目魚當時前來探望我所留下的慰問金（比目魚說「這是我的一點心意」，一副自掏腰包的模樣，但那好像是我老家的兄長們給我的錢。我已不是當初從比目魚家逃離時的我了，他那裝模作樣的演技，我已隱約可以看穿，所以我也狡猾地佯裝不知情，老實地收下那筆錢，並向他道謝。不過，比目魚為何如此處心積慮，我仍似懂非懂，總覺得有哪裡不對勁），獨自一人跑到南伊豆的溫泉鄉玩，但我的個性無法享受那悠閒的溫泉鄉之旅，一想到好子，我便感到無比落寞，根本無法從旅館房間眺望遠山，保有平靜的心境。我既沒換上棉袍，也沒泡湯，而是衝出旅館外，走進一家骯髒的茶店，猛灌燒酒，把身體搞得更差後，即返回東京。

那一夜，東京大雪紛飛。我帶著醉意，走在銀座的小巷裡，輕聲反覆哼唱著「這裡離故鄉幾百里、這裡離故鄉幾百里」，邊走邊用鞋尖踢飛不斷飄降堆積的雪塊。驀地，我吐了。那是我第一次吐血，雪地上形成一面大大的太陽旗。我在地上蹲了半晌，接著雙手捧起沒弄髒的白雪，洗了把臉，哭了起來。

這裡是何處的小路？

這裡是何處的小路？

一個悲切的女童歌聲恍如幻聽般，隱隱從遠處傳來。不幸。這世上有形形色色的不幸之人，不，就算說全是不幸之人也絕不誇張。然而，他們的不幸可以正大光明地向世人提出抗議，而「世人」也能輕易了解他們的抗議，並寄予同情。可是我的不幸，全是出於自己的罪惡，無從向人抗議，若是我結結巴巴地說出一句類似抗議的話語，不僅比目魚，肯定所有世人都會認為「你竟然還好意思說這種話」，對此大為震驚。我究竟是俗話所說的「任性放肆」，還是完全相反，過於怯懦呢？連我自己也弄不明白。總之，我是罪惡的聚合體，只會不斷讓自己陷入不幸當中，沒有加以防範的具體對策。

我站起身，想說先隨便找些藥來吃，於是我走進附近一家藥店，與老闆娘打了照面。剎那間，那位老闆娘就像被閃光燈照中似地，抬頭睜大著眼，呆立原地。但她那圓睜的雙眼不顯驚愕與厭惡之色，反倒是流露出既像求救又像思慕之色。我心想，啊……她一定也是個不幸之人，因為同是天涯淪落人，最能敏銳感受出對方的不幸。這時，我發現那位老闆娘手拄拐杖站著，搖晃欲倒。我壓抑想衝上前的衝動，繼續與她對望，眼淚奪眶而出。這時，淚水同樣也從她那雙大眼撲簌而下。

就這樣，我一句話也沒說，步出那家藥店，踉踉蹌蹌地回到公寓，叫好子泡了杯鹽水給我喝，默默入睡。隔天，我謊稱自己染了風寒，在床上躺了一天。入夜後，我對自己吐血的祕密深感不安，於是我起身前往那家藥店，這次我面帶微笑，坦白說出自己的身體狀況，向她諮詢。

「你得戒酒才行。」

我們如同骨肉至親般地親近。

「也許是酒精中毒。我到現在還想喝呢。」

「萬萬不可。我先生明明得了肺結核，卻說要用酒來殺菌，終日在酒中浮沉，結果縮短了自己的壽命。」

「我感到很不安，害怕得快發瘋了。」

「我會開藥給你吃，酒你一定得戒。」

老闆娘（她是名寡婦，膝下育有一子，兒子曾在千葉或某一所醫科大學就讀，後來和他父親染上同樣的病，正休學住院中，家裡還躺著一位中風的公公，而她自己在五歲時因罹患小兒麻痺症，單腳不良於行）拄著拐杖，發出叩叩叩的聲響，為我翻箱倒櫃地取來各種藥物。

這是造血劑。

這是維生素注射液。這是針筒。

這是鈣片。這是澱粉酵素，可以健胃整腸。

她就這樣充滿關愛地向我仔細說明了五、六種藥物，但這位不幸的老闆娘，她的愛對我來說過於沉重。最後她告訴我「你真的忍不住想喝酒的時候，就用這個藥」，迅速地給我一個用紙包好的小盒子。

那是嗎啡的注射液。

老闆娘說「它的危害沒有酒來得大」，我也就此相信她說的話，而且當時我正好也覺得喝醉酒很可鄙，所以很高興能擺脫酒精這個撒旦的糾纏，我毫不猶豫地朝自己手臂注射嗎啡。不安、焦躁、害臊，全都一掃而空，我成了一名開朗又能言善道的人。每次打完針，我便忘記身體的衰弱，全力投入漫畫的工作中，一邊作畫，腦中點子也不斷浮現，妙趣橫生。

原本只是一天打一針，後來變成兩針，甚至四針，一旦少了它，我便無法工作。

「這樣不行啊，要是上癮就糟了。」

聽藥店老闆娘這麼說，我才發覺自己早已嚴重上癮（我生性很容易受他人的暗示影響，比如有人對我說「就算我告訴你不能花這筆錢，也沒什麼用，畢竟那是你自己的事」，我就會產生奇怪的錯覺，認為我若是不花這筆錢反而有錯，會辜負對方的期待，所以一定會馬上把錢花光），上癮的不安，反而讓我對藥物的需求日漸龐大。

「拜託，再給我一盒。月底我一定會付錢。」

「錢的事，什麼時候給都行，可是警察查得很緊呢。」

唉，我周遭總是瀰漫著一股見不得光的人所散發的氣息，混濁灰暗，行徑可疑。

「請妳想辦法幫我應付他們，拜託了。老闆娘，我親妳一下吧。」

老闆娘登時羞紅了臉。

我緊抓著她的弱點。

「沒有藥，我完全沒辦法工作。就我來說，那就像壯陽藥一樣。」

「那還不如去注射荷爾蒙算了。」

「妳別開玩笑了。要嘛靠酒，要嘛靠那種藥，若少了其中一樣，我根本無法工作。」

「酒絕對不行。」

「我就說吧？自從用了那種藥之後，我可是滴酒未沾呢。多虧了它，我的身體處於絕佳狀態。我可不想永遠畫那些三流漫畫。今後我要戒酒，養好身子，努力學習，當一名偉大的畫家。眼下正是關鍵時刻。所以拜託妳了。讓我親妳一下吧。」

老闆娘噗哧一笑。

「真拿你沒辦法。要是上癮了，我可不管哦。」

她拄著拐杖，發出叩叩叩的聲響，從藥架上取出藥。

「我不能給你一整盒，因為你一下子就會用完。只給你一半。」

「真小氣，算了，沒辦法。」

回家後，我馬上打了一針。

「不痛嗎？」好子惴惴不安地問道。

「當然痛啊。可是，為了提高工作效率，就算不願意，也得這麼做啊。妳看我最近是不是顯得活力百倍啊？好了，該工作了。工作、工作！」我興奮地叫著。

我也曾在深夜時前去敲那家藥店的大門。老闆娘穿著睡衣，拄著拐杖前來應門，我猛然抱住她，親她，佯裝哭泣。

老闆娘不發一語，遞給我一盒藥。

藥也和燒酒一樣，不，甚至比燒酒更可恨、更可鄙。當我如此深切體認時，已完全染上毒癮。當真是無恥至極。為了想得到那種藥，我又開始仿製春宮圖，並和藥店那位身體殘缺的老闆娘發生醜陋的關係。

我想死，好想死，一切已無法挽回，現在不論做什麼都已於事無補，只會更加丟人現眼。騎單車去青葉瀑布的願望，我已不敢奢望。唯有汙穢的罪與卑劣的罪一再堆疊，苦惱不斷擴大增強。好想死，我只有一條死路可走，活在世上是罪惡的根源。儘管我一直如此左思右想，但還是以近乎瘋狂的模樣往返公寓與藥店之間。

即便我做了再多工作，藥物的用量也同樣隨之增加，所以我積欠的藥費已高得嚇人。老闆娘每次見到我，總是眼中泛淚，而我也同樣淚流滿面。

地獄。

還有一個逃離地獄的最後手段。要是連這個方法也失敗的話，我就只有上吊一途了。我以神是否存在作賭注，抱定決心，洋洋灑灑地寫了封信，寄給我老家的父親，全盤托出我目前的一切實際情況（關於女人的事，我終究還是無法下筆）。

但結果更慘。我引領期盼，始終苦無回音，等待的焦躁與不安，反而讓我又增加了藥的用量。我暗自打定主意，想在今晚一口氣打十針，然後跳進大川自殺。但當天下午，比目魚就像是以惡魔的直覺嗅聞出我的念頭般，帶著堀木出現在我面前。

「聽說你吐血了。」

堀木盤腿坐在我面前，如此說道，臉上掛著前所未見的溫柔微笑。那溫柔的微笑教我既感激又歡喜，我不禁別過臉去，潸然淚下。我在他溫柔的微笑下，被澈底粉碎，葬送掩埋。

我被送上車。你得先住院才行，後續的事交給我們來辦就行了——比目魚也以平靜的口吻（他那平靜的口吻，幾乎可用充滿慈悲來形容）向我規勸，我就像是毫無個人意志與判斷力的木頭人，只是嚶嚶哭泣、唯唯諾諾地聽從他們兩人的吩咐。連同好子在內，我們四人在車上顛簸了好長一段時間，就在四周變得昏暗時，我們抵達森林裡一座大醫院的門口。

我一直以為是療養院。

我接受一名年輕醫生極為溫柔且慎重的檢查，接著醫生略帶靦腆地笑著對我說：「好了，你就在這裡靜養一陣子吧。」

比目魚、堀木、好子，留下我一個人後，就此離去，好子還遞給我一個裝有換洗衣物的包袱，然後默默從腰帶間取出針筒和我用剩的藥物，塞在我手中。她果然以為那是壯陽藥。

「不，我已經不需要了。」

這是很難得的一件事。說是生平第一次拒絕別人的勸誘，也一點都不為過。我的不幸，就是一個沒能力拒絕的人所遭遇的不幸。因為我常受恐懼的威脅，擔心自己一旦拒絕別人的勸誘，便會在對方與自己心中清楚留下一道永遠無法修補的裂痕。但當時的我，卻很自然地拒絕曾經令我瘋狂渴求的嗎啡，可能是被好子那「如同神明般的無知」所打動吧。在那一瞬間，我是否已擺脫了毒癮呢？

然而，之後我隨即在那名掛著靦腆微笑的年輕醫生帶領下，走進一棟病房，喀嚓一聲，大門深鎖。這裡是瘋人院。

「我要去沒有女人的地方。」之前我在吞服安眠藥時的胡言亂語，竟然奇妙地實現了。那棟病房裡全都是男瘋子，連看護也是男人，沒半個女人。

我現在別說是罪人了，甚至還成了瘋子。不，我絕對沒發瘋。我從來沒有片刻發瘋過。不過，聽說大部分的瘋子都會這樣說自己。換言之，關進這家醫院裡的人是瘋子，沒被關進這裡的人，則是正常人。

我問神，不抵抗也是一種罪過嗎？

面對堀木那不可思議的美麗微笑，我泫然淚下，忘了判斷和抵抗，就此坐上車，被帶來這裡，成了一名瘋子。就算我現在離開這裡，還是會被人在額頭上烙下「瘋子」的印記，不，或許應該是「廢人」才對。

失去當人的資格。

剛來這裡時是初夏時節，從鐵窗往外望，能看見醫院庭院裡的小池塘綻放著紅色睡蓮。之後過了三個月，庭院裡的波斯菊盛開。沒想到這時故鄉的大哥帶著比目魚前來接我。他以昔日那略帶緊張的正經口吻告訴我，父親已在上個月月底因胃潰瘍過世，我們一概不追究你的過去，你不必為生活的事操心，什麼事都不做也行，條件是你得馬上離開東京，儘管你或許會有些眷戀不捨，但你還是得在鄉下展開療養生活，你在東京惹出的禍，澀田先生應該大都已幫你善後好了，你毋須惦記。

我感覺到故鄉的山河歷歷在目，於是我輕輕頷首。

真是不折不扣的廢人。

得知父親的死訊後，我變得愈來愈窩囊。父親已不在了，那始終在我心中揮之不去，既懷念又畏怯的存在，已經不在了。我覺得自己裝滿苦惱的心壺頓時變得空無一物。我甚至心想，之前我那苦惱的心壺之所以如此沉重，難道都是因為父親的緣故？我就像洩了氣的氣球。甚至連苦惱的能力也澈底喪失。

大哥確實遵守了對我的約定。從我生長的鄉鎮搭四、五個小時的火車南下，有一處在東北地區相當罕見的溫暖海濱溫泉鄉。我的住處就位於村郊，五間房的大小，但似乎已相當老舊，壁面斑駁，屋柱滿是蟲蛀，幾乎完全無從整修。大哥買下這麼一間茅屋給我，並請了一位年近六十、一頭紅髮的醜女傭和我作伴。

之後又過了三年。這段期間，那位名叫阿鐵的老女傭曾多次以怪異的方式侵犯我，我們開始會像夫妻一樣吵架，我的肺病時好時壞，忽胖忽瘦，有時還會咳血痰。昨天我叫阿鐵到村裡的藥店幫我買安眠藥卡爾莫欽，結果她買了和之前形狀不太一樣的藥盒回來，我也沒特別留意。奇怪的是，我睡前一次服了十顆，卻還是無法入睡，正當我感到納悶時，突然腹痛如絞，我急忙往廁所衝，結果狂瀉不止，之後還接連跑了三次廁所。我心中狐疑，拿起藥盒一看，原來這是名叫海諾莫欽的瀉藥。

我仰躺在床上，肚子放了個熱水袋，想對阿鐵發一頓牢騷。

「喂，這不是卡爾莫欽，這是海諾莫欽。」

我才剛開口，自己就呵呵笑了起來。看來「廢人」似乎是個喜劇名詞。為了想入睡而誤服瀉藥，而且瀉藥的名字就叫海諾莫欽。

現在的我，稱不上幸福，也算不上不幸。

只是一切都將就此流逝。

在我過去一直活得像地獄般的「人類」世界裡，這可能是唯一的真理。

一切都將就此流逝。

我今年將滿二十七歲。因已白髮蒼蒼，所以人們都以為我已年過四旬。

後記

我並不認識寫下這份手札的瘋子。但我倒是認識某個人物，與手札中提到的京橋小酒館老闆娘有幾分相似。她身材嬌小、氣色不佳、一對細長的丹鳳眼、鼻梁高挺，與其說是美人，不如說是個俊美青年，她給人的感覺就是這麼一板一眼。據我推測，這份手札主要是描寫昭和五、六、七年那數年間的東京風景。而我在友人的帶領下，去過京橋那家小酒館兩、三次喝Highball*，那是在昭和十年左右，也就是日本「軍部」開始囂張跋扈的時期，所以不可能和寫下這份手札的男子見面。

今年二月，我去拜訪一位疏散到千葉縣船橋市避難的友人。這位朋友是我大學時代的校友，現在擔任某女子大學的講師。事實上，我曾經請他幫我一位親人說媒，所以我找他一來也是為了此事；二來，我想四處買些新鮮的海產給家人嚐嚐，於是我背起行李，便往船橋市出發。

*調酒名，由威士忌加蘇打水混合而成。

船橋市是個面向泥海的大城市。我這位朋友是新來的住戶，我向當地人打聽他的住址，卻遲遲問不出個名堂。由於天氣寒冷，我扛著背包的雙肩隱隱作疼，後來我在唱片的小提琴聲吸引下，推開門走進一家咖啡廳。

我見那位老闆娘有點眼熟，細問之下得知，原來她就是十年前那位京橋小酒館的老闆娘。她似乎也很快就想起我，我們彼此都大吃一驚，相視而笑。這時候，通常都會詢問彼此遭遇空襲、住家付諸一炬的經驗，但我們沒這麼做，而是像在誇耀似地相互聊道：

「妳可真是一點都沒變呢。」

「哪兒的話，已經是個老太婆，一身老骨頭都快散了。你才真是年輕呢。」

「妳太恭維了。我已經有三個小孩。今天就是為了他們來這裡採買。」

我們像久別重逢的朋友，以固定的模式寒暄，接著相互打聽彼此都認識的友人近況。不久，老闆娘語氣一轉，向我問道：「你認識小葉嗎？」我回答不認識，老闆娘走進屋內，取來三本筆記和三張照片，交給了我。

「這或許可當作小說的題材呢。」

以我的個性，不習慣以別人硬塞給我的材料來寫小說，所以我本想當場退還，但後來受照片所吸引（關於那三張照片的怪異處，我在前言已經提及），於是我決定姑且先代為保管這三本筆記，等回去時再繞來這裡一趟。我問老闆娘：「有位女子大學的講師，名叫某某某，住在某街某號，妳知道嗎？」果然朋友和老闆娘都是新住戶，一問便知。她說我那位朋友有時也會到店裡坐坐。就住在附近。

那一晚，我和朋友喝了點小酒，決定在他家過夜，結果我一夜沒睡，看那三本筆記看得入迷。手札上寫的是以前的故事，但現代人看了肯定也會很感興趣。我心想，與其我拙劣地下筆修改，不如原封不動請某家雜誌社刊登，可能會更具意義。

結果我給孩子買的海產盡是乾貨。我背著背包，告別友人，繞往那家咖啡廳。

「昨天謝謝妳了，對了……」我馬上提起那件事。「這些筆記，可否先借我一陣子？」

「可以啊。」

「這個人還活著嗎？」

「這我就不知道了。大約十年前，有個裝有這三本筆記和照片的包裹寄到我位於京橋的店裡，寄件人一定是小葉，但包裹上沒寫小葉的住址，也沒寫姓名。空襲時，它和其他東西混雜在一起，但最後還是完好無缺，很不可思議，我前不久才看完……」

「妳哭了嗎？」

「不，與其說哭，倒不如說……沒用了，人要是變成那樣就沒救了。」

「從那之後已經十年過去，他也許已不在人世。想必是要當作對妳的答謝，才特地寄給妳的吧。雖然當中有些部分寫得比較誇大，不過，妳似乎也受傷頗深。如果上頭所寫全部屬實，而我又是他的朋友，我可能也會想帶他去精神病院。」

「都是他父親不好。」她若無其事地說道。「我認識的小葉，個性率直、為人機伶，只要他不喝酒的話……不，就算喝了酒，他也是個像神一樣的好孩子。」

（文中引用的《魯拜集》詩句，取自已故的堀井梁步譯文。）

導讀

人間失格，真的失格？——我讀太宰治《人間失格》

林水福

太宰治，是怎樣的人？

不是三言兩語就說得清、講得明的人。也因為如此，一直有人談論他、研究他。

日本每年大學生的畢業論文，以太宰治為研究對象的，一直位居前茅。主要有幾個原因：

太宰治長得帥。男人長得帥，無論時代或區域，總是吃香的，這或許是不變的定論。如果只是帥，也就罷了。太宰治身上混合了迷死女孩、女人的許多要素。

高高瘦瘦，鼻梁挺直，五官凸出，不像傳統印象中的日本人，我懷疑是否混血？這只是純粹從外表上看，沒有證據的「猜測」。

而且，常帶憂鬱的臉孔，生活又不正常。

酗酒、玩女人、夜不歸營，就「正常人」而言，太宰治十足是個浪蕩子，雖不能說遊手好閒，其實也相差無幾。

俗話說，男人不壞女人不愛。太宰治具備對女人的致命吸引力。

出身富裕人家，父親當過幾屆議員，在地方是數一數二的財主，太宰治從小過著極為優渥的生活，小時候就有傭人伺候。

頭腦好，念過東京帝大，後來因為沒繳學費被退學。似乎是天生消極，不想好好振作，無法照顧自己的人。這樣的男人，常激發女人的母性愛憐情感，會主動想接近、照顧他。

太宰治一生自殺四次，沒成功，最後一次和山崎富榮跳玉川上水，終於成功。太宰治五次自殺總是離不開女人。

就作品而言，可分為兩大類。

一是以文壇處女作〈回憶〉為始，〈富嶽百景〉、〈東京八景〉、〈津輕〉到晚年的〈人間失格〉，可稱為自傳性作品系列。這些作品裡，太宰治「素顏」登場，與所謂的太宰治傳說混合，因此許多人把這系列當成太宰治現實生活告白的「私小說」。

另一類是浪漫性物語系列。以〈葉〉為第一篇作品，開頭引用法國詩人魏爾倫*的詩句「我有被神選中的恍惚與不安」，即抱持身為作家的優越意識，企圖創作傳世作品。同一時期尚有〈魚服記〉、〈羅馬風格〉等作，展現物語作家的優異資質。之後，這系列的作品有〈跑吧！美樂斯〉、〈女人的決鬥〉、〈清貧譚〉、〈新釋諸國故事〉等運用津輕地方特有的「說故事」語調的作品。

融合前述系列寫作風格而成的有〈維榮之妻〉及《斜陽》兩部作品，可說是太宰治的「代表作」。

* Paul-Marie Verlaine，一八四四～一八九六，法國象徵派詩人。

現實生活與自傳性系列作品，一直存在著是「現實生活的紀錄或告白」？或者應當成「創作」，即虛構小說的迷惑，或者說問題。

自傳性系列作品裡登場的主角不過是被虛構化的作者的自畫像，但由於與故事背景的事件或作者現實生活重疊；因此，一般讀者常以作品裡的主角及作者——太宰治本人的方式閱讀。對一般讀者而言，考證作品與現實的差異，即探究真實性並無多大意義，反而感到無趣。

其實，太宰治也算計到這一點。

《人間失格》寫的是小說家和「我」，在二次大戰後於船橋重逢酒吧的老闆娘。老闆娘拿出大約十年前大庭葉藏寄來的三本筆記和三張照片給「我」看，筆記以「第一手札」、「第二手札」、「第三手札」的方式向讀者說明。「前言」說明了三張照片裡的人物和「我」的感想，「後記」說明「我」取得筆記的經過。

三張照片的說明，讓讀者對「手札」的書寫者——大庭葉藏的性格、特徵產生印象，告訴讀者以下這「故事」不是「作者」的故事，而是大庭葉藏的生活紀錄。

讓人聯想到三島由紀夫的《假面的告白》，既然「告白」，何必戴「假面」？以後谷崎潤一郎的《少將滋幹之母》、《夢浮橋》讓人產生究竟是「事實」或「虛構」的困惑。

《人間失格》裡的主角，酗酒、吃軟飯、吸毒、玩女人，就世俗眼光來看，或許真的「失格」。

然而從「揭露自己的醜陋」，以及作品中屢屢出現的罪與罰等字眼，是否意味著主角的懺悔？從另一角度來看，或許已算是「人間合格」了吧?!

（本文作者為日本文學文化研究者）

Goodbye

作者的話

《唐詩選輯》的五言絕句中，有一句寫道「人生足別離」，我的一位前輩將它翻譯為「人生盡是再見」。的確，相逢時的喜悅，轉瞬即逝，但離別時傷心的深刻，即便說我們時時都活在惜別之情中，也一點都不為過。

本篇取名為「Goodbye」，若說它呈現出現代紳士淑女的離別百態，未免過於誇大，但如能藉此描繪出形形色色的離別樣貌，將是我最大的欣慰。

變心（一）

文壇的某位大老辭世，告別式才剛結束，便開始下起雨來。一場早春之雨。

回程，兩名男子同撐一把傘，並肩而行。對於已故的大老，兩人皆只是禮貌性地聊了幾句，之後話題全圍繞著女人，盡是些風花雪月之事。身穿繡有家徽的禮服、年近半百的高大男子，是位文人；另一位遠比他來得年輕，戴著勞埃德*式圓眼鏡，身穿條紋長褲的美男子，是位編輯。

「那傢伙……」文人說。「好像也性好女色。我看你也是時候該金盆洗手了吧，瞧你那憔悴樣。」

「我正打算全部做個了結。」

編輯紅著臉應道。

文人向來說話既露骨又粗俗，這位俊俏的編輯從很久以前便對他敬而遠

*Harold Clayton Lloyd，一八九三～一九七一，美國電影演員及製片人，招牌標誌為圓形賽璐珞眼鏡。作品相當多產且常出現驚險場面，與查理・卓別林、巴斯特・基頓齊名為三大喜劇默片演員

之，但今天因為自己忘了備傘，不得已，只好與文人共撐這把蛇眼傘*，結果惹來一頓訓。

編輯說他正打算全部做個了結，這並非虛言。

感覺有些事已變得不同以往。終戰至今已過了三年，許多感覺都變得不太一樣。

現年三十四歲的雜誌《Obélisque》總編輯田島周二，說話微帶關西腔，但幾乎不曾透露過自己的出身。他原本就是個精明幹練的男人，《Obélisque》的編輯身分只是他呈現在世人面前的表象，其實他背地裡參與黑市買賣，賺進大把鈔票。但就像人們常說的，不義之財留不住，據說他拿酒當水喝，還養了近十名小妾。但他並非單身。別說單身了，他現在的妻子甚至還是續弦。前妻留下一名智能不足的女兒後，因罹患肺炎而辭世，之後他賣掉東京的房子，疏散逃難到埼玉縣的友人家中，在逃難期間，與現在的妻子結為連理。這位妻子當然是初次結婚，娘家是家境富裕的農戶。

*呈圓圈圖案，模樣像蛇眼的日本紙傘。

終戰後，田島將妻小託付給妻子娘家照料，自己隻身一人來到東京，在郊外租了一間公寓，純粹只是充當過夜用的棲宿之所，白天辛勤地四處奔忙，賺進白花花的鈔票。

但三年過後，心境有了轉變。也許是因為世道起了微妙的變化，或是因為平日生活不知節制，近來明顯瘦了一大圈，不，可能單純只是上了年紀的緣故，近來常有色即是空的體悟，連喝酒都覺得沒勁，甚至想買間小屋，將鄉下的妻小找來同住……一股類似鄉愁的情愫不時會突然掠過心頭。

他想就此金盆洗手，不再涉足黑市買賣，專心投入雜誌編輯的工作。關於這件事……

這正是他眼下的一大難關。他得先巧妙地與他的女人們分手才行。每次一想到這裡，連向來精明幹練的他，也不知如何是好，只能長吁短嘆。

「打算全部做個了結……」高大的文人嘴角輕揚，面露苦笑。「你有這個決心很好，不過，你到底有幾個女人啊？」

田島皺起泫然欲泣的苦瓜臉。他愈想愈覺得，憑他一己之力根本無法處理好這件事。如果是錢能夠解決的事，那就好辦了，但他不認為用錢就能打發走這些女人。

「如今回想，我之前就像鬼迷心竅一樣，招惹太多女人，著實荒唐……」

他突然想向這名年近半百的放蕩文人坦言一切，諮詢意見。

「沒想到你也會說出這樣的正經話來。不過話說回來，多情的人往往會對那令人厭惡的道德感到莫名畏懼，而這也正是令女人痴迷之處。當一個男人儀表不凡、多金又年輕，既溫柔又有道德感，那肯定是個萬人迷。這點毋庸置疑。就算你想分手，對方也肯定不從。」

「就是這點傷腦筋啊。」

田島以手帕抹了抹臉。

「你該不會在哭吧？」

「不，是因為下雨，眼鏡起霧……」

「不，你的聲音微帶哽咽。真是服了你這個情聖。」

雖然參與黑市買賣，毫無道德感可言，但的確就像這位文人所言，田島這個男人明明花心，對女人卻是有情有義，因此女人們似乎也都毫無懷疑、十分倚賴田島的樣子。

「有沒有什麼好辦法？」

「沒有吧。你或許可以出國待個五、六年試試，不過，現在要出國可沒那麼簡單。乾脆把你的女人全部找來，讓她們合唱一首〈螢之光〉，不，或許唱〈仰望師尊〉*比較好。你逐一頒發她們畢業證書，然後你假裝發瘋，光著身子衝向屋外，就此開溜。這招保證管用。那些女人一定會看得目瞪口呆，就此死心斷念。」

這樣根本稱不上諮詢。

*〈螢之光〉為日本傳統的畢業歌曲，臺灣名為「驪歌」；〈仰望師尊〉為日本學生畢業時向師長獻唱的歌曲，臺灣名為「青青校樹」。

「不好意思，我想在這裡搭電車……」

「就跟我一起走嘛。陪我走到下一站吧，畢竟這可是你人生的重大問題呢。我們兩人一起來研擬對策吧。」

文人這天似乎閒來無事，不肯就此放過田島。

「不，我自己想辦法……」

「不不不，你自己一個人沒辦法解決。你該不會想一死了之吧？我開始替你擔心了。要是被女人迷上就尋死，那可就不是悲劇了，是喜劇。不，簡直就是鬧劇，滑稽之至。這樣沒人會同情的，勸你還是別尋死得好。嗯，我有個好主意。你去找一位絕世美女，向她說明你的苦衷，然後請她假扮你的妻子，帶著她一一去拜訪你的小妾們，保證有效。那些女人肯定會乖乖知難而退。如何，要不要試試？」

當真是病急亂投醫，田島也微微動心。

行進（一）

田島有心一試。但眼前又是個難關。

絕世美女。如果是絕世醜女，每走一段電車站的距離，就能發現三十來人，但說到堪稱絕世的美女，除了傳說故事外，是否真的存在，令人質疑。

田島原本就以自己的俊秀自豪，而且重打扮，虛榮心又強，所以一旦和醜女同行，他總會突然謊稱肚疼來遁逃，而他現在所擁有的小妾們，個個都是帶有幾分姿色的美人，不過當中還沒人稱得上是絕世美女。

在那個雨天，年近半百的放蕩文人隨口傳授的「祕訣」，雖然聽了之後心裡排斥，覺得是餿主意，但除此之外，他實在也想不出什麼像樣的辦法。

就姑且一試吧。也許在人生的某個角落，就有這麼一位絕世美女也說不定。他眼鏡底下的雙眼，突然賊模賊樣地轉動起來。

舞廳、咖啡廳、茶室，那裡沒有，全是絕世醜女；辦公室、百貨公司、工廠、電影院、脫衣舞秀場，也不可能有。他還試著到女子大學的操場，模樣粗俗地隔牆窺望、趕往選某某小姐的選美會場，或是謊稱參觀，混進電影新人試鏡會場，東奔西走，卻都一無所獲。

結果他的獵物卻自己出現在他返家的路上。

當時他已快要絕望，向晚時分，他一臉憂鬱地走在新宿車站後方的黑市裡。此刻他已無心前往找他的愛人們，甚至光是想起她們，就感到不寒而慄。非得和她們分手不可。

「田島先生！」

背後突然有人出聲叫喚，他嚇得差點跳了起來。

「呃……您是哪位？」

「哎呀，您也真是的。」

這聲音難聽之至，是俗稱的烏鴉聲。

「咦？」

田島重新打量對方，才發現當真是一時看走了眼。

他認識這名女子。是黑市商人，不，是跑單幫的。他和這名女子只有過兩、三次黑市物資交易的經驗，不過因為女子的烏鴉聲，以及她那驚人的一身怪力，讓他留下了深刻印象。她雖然身材清瘦，卻能輕鬆地背起將近四十公斤重的貨物。當時她上半身穿著一件帶有濃濃魚腥味、滿是泥濘的衣服，下半身則是工作褲搭長筒膠鞋，分辨不出是男是女，感覺和乞丐差不多，向來重打扮的田島在和她完成交易後，急忙跑去洗手。

一位意想不到的灰姑娘。她挑選洋裝的品味高尚。身材纖瘦，手腳細長，看起來約二十三、四歲，不，應該是二十五、六歲，神情略帶愁色，微微泛青的膚色猶如梨花初放，確實是位高貴的絕世美女，難以想像竟是那名扛起四十公斤重的貨物，大氣都不喘一下的跑單幫小販。

聲音難聽是致命傷，不過只要讓她保持沉默就行了。

她能派上用場。

行進（二）

誠所謂人要衣裝，佛要金裝，尤其是女人，只要一套衣裝，就能帶來極大的改變，令人跌破眼鏡。也許女人原本就是妖怪也說不定。不過，像她（她叫永井絹子）這般善於變身的女人，也實在罕見。

「看來妳掙了不少錢呢，這身裝扮真是亮眼啊。」

「哎呀，死相。」

聲音實在難聽。原本的高貴氣質盡數煙消雲散。

「我想拜託妳幫個忙。」

「你這個人很小氣，而且老愛殺價，還是不要的好……」

「不，不是要找妳談生意，我已經想金盆洗手了。倒是妳，還是一樣在跑單幫嗎？」

「那當然，不跑單幫的話，沒辦法混飯吃啊。」

女子說的每句話都很粗俗。

「不過，看妳這身行頭，實在不像。」

「我好歹也是女人，偶爾當然會想盛裝打扮，出門看電影嘛。」

「今天是來看電影嗎？」

「是啊，已經看完了。咦，那齣電影叫什麼來著，好像是膝裡毛……」

「是膝栗毛*吧。一個人看嗎？」

「哎呀，死相，和男人來看才奇怪呢。」

「我就是看準這點，想拜託妳一件事。可以陪我和人見個面嗎？一個小時，不，三十分鐘夠了。」

「是好事嗎？」

「包准妳不吃虧。」

兩人並肩而行的這段時間，與他們擦身而過的十個人當中，有八人轉頭看。他們看的不是田島，而是絹子。就連長相俊俏的田島，也在美豔絕倫的

*《東海道中膝栗毛》為江戶時代的通俗文學。膝栗毛的意思，是將自己的膝蓋當栗色的馬來用，展開徒步旅行。此作後來也拍成電影。

絹子散發的出眾氣質下顯得既窮酸又不起眼。

田島帶絹子來到一家他常光顧的黑市餐館。

「這家店有什麼招牌菜嗎？」

「這個嘛，他們的招牌菜好像是炸豬排。」

「那我來一份，我肚子正餓。這裡還有什麼菜？」

「基本的菜色大概都有吧，妳到底想吃什麼？」

「這裡的招牌菜。除了炸豬排之外，沒別的了嗎？」

「這裡的炸豬排分量很大喔。」

「真小氣，你這樣不行。我到店裡頭問問看。」

一身怪力，外加食量驚人，偏偏又是個絕世美女。絕不能放她走。

田島啜飲威士忌，望著絹子若無其事地一口接一口吃個沒完，心裡很不是滋味，就此道出他的請託。絹子只顧著吃，也不知道有沒有聽進耳裡，看起來似乎對田島的故事不感興趣。

「妳願意接受嗎？」
「你可真傻。你這樣也未免太沒用了吧？」

行進（三）

面對敵人如此意外地尖銳回擊，田島一時為之怯縮，但還是接話道：

「沒錯，就是因為太沒用，所以才來請妳幫忙。我現在可是傷透腦筋呢。」

「大可不必這麼大費周章，既然你想分手，就從現在起，別再和她們見面不就行了嗎？」

「我沒辦法這樣蠻幹。我那些對象今後或許會嫁人，或是另結新歡。讓她們可以好好收起這份舊情，是男人應盡的責任。」

「噗哧！好你個責任。說什麼協議分手，講得好聽，其實是打算日後有機會再親熱對吧？瞧你那好色樣。」

「喂喂，妳要是再說這麼失禮的話，我可要生氣了。再怎麼沒禮貌，也要懂得分寸。妳自己不也是只顧著吃嗎。」

「這裡沒有金團*嗎？」

「妳還要吃啊？妳該不會是得了胃擴張吧？我看妳是病了，建議妳找醫生看看。妳從剛才到現在已經吃很多了，也該適可而止了吧？」

「你可真小氣。女人吃這麼多是稀鬆平常的事。那些說自己吃不下的千金小姐，只是因為有幾分姿色，所以刻意維持身材。我的話，再多都吃得下。」

「不，這樣應該夠了吧，這家店的消費可不便宜啊。妳向來都吃這麼多嗎？」

「開什麼玩笑，當然只有在別人請客的時候。」

「這樣的話，今後妳要吃多少，我都請妳吃，妳就接受我的請託吧。」

*在地瓜餡中加入栗子、四季豆做成的一道甜點。

「可是這樣我得擱下工作，損失太大了。」

「我會另外付妳錢。妳做那生意能賺多少，我就付妳多少。」

「只要跟著你走就行了嗎？」

「沒錯。不過有兩個條件：一，妳在其他女人面前，一句話都不准說。拜託妳了。頂多只能微笑、點頭，或是搖頭；二，別在其他人面前吃東西。等只有我們兩人獨處時，妳要吃多少都行，但在其他人面前，頂多只能喝杯茶。」

「你會另外付我錢對吧？因為你這個人既小氣，又愛打馬虎眼。」

「別擔心，我這次可是很認真呢。要是搞砸，我就身敗名裂了。」

「就是所謂的腹水一戰對吧。」

「腹水？笨蛋，是背水一戰才對。」

「哦，是這樣嗎？」

女子臉不紅氣不喘，田島益發感到不是滋味。不過她真的很美，呈現一股凜然之姿，散發出不食人間煙火的不凡氣韻。

炸豬排、雞肉可樂餅、鮪魚生魚片、墨魚生魚片、中華麵、鰻魚、什錦火鍋、牛肉串燒、握壽司拼盤、鮮蝦沙拉、草莓牛奶。

這樣還不夠，竟然還想吃金團！不可能每個女人都這麼能吃吧？不，還是說……？

行進（四）

絹子住的公寓，位於世田谷一帶，她說自己一早便出門跑單幫，大多下午兩點之後有空。田島和絹子約定好，平均一週一次，挑個雙方都方便的日子，會主動打電話聯絡她，然後約在某個地方碰頭，一同前往田島想分手的女人住處。

幾天後，兩人朝日本橋一家百貨公司裡的美容院前進，行動就此展開。

重門面的田島在前年冬天曾不經意的逛過這家美容院，在這裡燙髮。店裡的「美髮師」姓青木，年約三十歲左右，是所謂的戰爭遺孀。並非田島主動勾引，倒不如說是女方自己貼向田島。青木都固定從百貨公司位於築地的員工宿舍通勤，到位於日本橋的這家店上班，收入只能勉強應付她這種單身女子的生活。於是田島資助她生活費，在築地的員工宿舍裡，田島與青木早已是公開的關係。

但田島很少在青木上班的日本橋美容院露面。田島自己認為，像他這般瀟灑俊秀的男人要是常在店裡出入，肯定會妨礙她做生意。

而這天，他突然帶著一位絕世美女出現在青木的店裡。

「您好。」田島連問候都刻意顯得生疏。「今天我帶內人前來。這次我特地將她從疏散避難的處所叫來同住。」

這樣就夠了。青木同樣也長得眉清目秀，皮膚白皙細緻，是個冰雪聰明的美人胚子。但她與絹子站在一起，就像銀鞋對上軍人長筒靴，天差地遠。

兩位美女不發一語地互相行禮致意。此時青木已是哭喪著臉，氣勢矮了半截，顯然勝負已分。

之前也提過，田島對女人向來有情有義，至今從未欺騙女人自己是單身。妻子疏散避難到鄉下的事，也是一開始就挑明告訴過她們。如今妻子終於回到丈夫身邊，而且這位妻子看起來年輕、高貴、涵養深厚，是位絕世美女。

連青木這樣的美女也只能暗自飲泣，別無他法。

「請幫內人整理一下頭髮。」田島得寸進尺，想給對方致命一擊。「因為我聽說不論是在銀座還是其他地方，都找不到像妳手藝這麼好的人。」

不過，他這可不全然是客套話。青木確實是位手藝高超的美髮師。

絹子在鏡子前坐下。

青木替絹子披上白色的披肩布，開始幫絹子梳頭，她眼中噙滿淚水，隨時都可能滿溢而出。

絹子則是處之泰然。

反而是田島先行離開。

行進（五）

整套服務結束後，田島悄悄走進美容院，將一疊一寸厚的紙鈔塞進美髮師的白色上衣口袋裡，以近乎祈禱的心情低語一聲「Goodbye」。

這聲音連他自己也感到意外，既像安慰，又像致歉，還帶有一絲柔情的悲調。

絹子默默站起身，青木也默默替絹子將裙子拉平，田島則是早一步走出店外。

唉，離別真教人感傷。

絹子面無表情地隨後走來。

「也沒多好嘛。」

「妳指的是什麼？」

「燙髮技術。」

去妳的！田島很想朝絹子大吼，但此刻人在百貨公司裡，所以他強忍下來。青木絕不會道人是非，而且她不愛錢，常替田島洗衣服。

「這樣就結束了嗎？」

「沒錯。」

田島此時備感落寞。

「這樣就分手，那女人也太沒志氣了。長得還挺標緻的嘛。有那樣的姿色……」

「別再說了！說什麼『那女人』，這種稱呼太沒禮貌，別再說了。她是個性格溫順的女人，和妳不一樣。總之，妳別出聲就對了。聽了妳那烏鴉似的聲音，我都快瘋了。」

「哎呀呀，那可真是『不好意思』啊。」

哇！竟然耍起了嘴皮，多低俗啊。田島簡直快氣瘋了。

田島出於奇怪的虛榮心，和女人一起走在路上時，總會將他的錢包交給女方，由女方付錢，擺出一副大方的模樣，彷彿對結帳金額的多寡漠不關心。然而，過去他的每一個女人都不曾擅自亂買東西。

但這位「不好意束」小姐卻想買就買，揮金如土。百貨公司裡多的是昂貴的商品，她大大方方挑出所謂的高級品，不顯一絲躊躇，而且全是高雅又有品味的商品，說來還真不可思議。

「妳也該適可而止了吧？」

「真小氣。」

「接下來妳應該又想吃什麼了吧？」

「這個嘛，今天就先忍著，不吃了。」

「錢包還我。今後不准花超過五千日圓。」

此時早已顧不了虛榮心。

「我才沒花那麼多錢呢。」

「不，妳明明就花了，只要待會我查一下餘額就會知道。妳確實花了一萬多日圓，上次那頓飯也不便宜。」

「既然這樣，那我就此罷手如何？我也不是自己喜歡跟在你後頭走。」

這番話近乎威脅。

田島只有嘆息的分。

怪力（一）

不過田島也不是省油的燈。他參與黑市生意，輕輕鬆鬆一舉便賺進數十萬圓，可說是個腦筋動得特別快的奇才。

在絹子的揮霍下，要他默不作聲，展現海納百川的寬容美德，這實在不合他的個性。如果不還以顏色，他絕對嚥不下這口氣。

臭娘兒們！再囂張，看我收伏妳。

推動分手的事，之後再說。眼下要先完全征服這個女人，讓她變成一個拘謹、質樸、食量小的女人，之後再繼續分手計畫。若是照目前這樣，光是一味地撒錢，分手計畫根本進行不下去。

勝負的祕訣，在於不可使敵近之，而該主動近敵。

他透過電話簿查出絹子的公寓地址，買來一瓶威士忌和兩袋花生，心裡盤算著，等到時肚子餓了，就叫絹子請他吃點東西，然後大口喝威士忌，假裝喝得爛醉，直接睡在她屋裡，這樣絹子就會成為他的女人了。重要的是，只要花一點小錢就能搞定此事。連開房間的費用都省下了。

向來對女人自信滿滿的田島，竟然會想出如此胡來、不知羞恥、下流低俗的策略，可見他已經全然手足無措。或許是因為絹子花了他太多錢，都快把他逼瘋了。人不只該對情慾謹慎自持，一旦太過執著於錢財，貪得無厭，只急著想回本，同樣不會有好結果。

田島因太過憎恨絹子，而擬定出這套非但不合常理，而且小氣又下流的計畫，結果遇上一場大難，差點小命不保。

向晚時分，田島一路找上絹子位於世田谷的公寓。一棟老舊的木造兩層樓公寓，看起來死氣沉沉。一走上樓梯就是絹子的房間。

他敲了敲門。

「誰啊？」

門內傳來絹子的烏鴉聲。

打開門一看，田島大為吃驚，呆立原地。

雜亂不堪，惡臭四溢。

啊，好荒涼的景象。四張半榻榻米大的空間，榻榻米表面黑得發亮，像波浪般高低不平，榻榻米的外緣完全變形，看不出原來的模樣。房裡滿滿都是像跑單幫的買賣道具，例如油罐、蘋果箱、一升裝的瓶子、某個用包巾包好的東西、像鳥籠般的東西、紙屑，油膩膩地散落一地，幾乎連站立的空間都沒有。

「原來是你啊，你來幹什麼？」

絹子此時的服裝，就像幾年前見到她的時候一樣，活像個乞丐，下半身穿著一件沾滿泥巴、髒兮兮的工作褲，根本分不出是男是女。

屋裡的牆壁就只貼了一張互助會公司*的宣傳海報，除此之外，沒有任何裝飾的物品，連窗簾也沒有。這像是二十五、六歲的年輕女孩住的房間嗎？房內只點著一盞昏黃的小燈泡，入眼盡是荒涼。

怪力（二）

「我是來找妳消磨時間……」田島感到一陣戰慄，發出和絹子一樣的烏鴉聲。「不過，還是改天吧。」

「我看你一定有什麼陰謀，因為你這個人無事不登三寶殿。」

*日語為「無尽会社」，像標會一樣，加入者定期繳交一定金額，之後以抽籤或投標等方式，給付金錢以外的財物，以此為業的公司。

「不，我今天真的只是……」

「你就乾脆點吧，一副娘兒們的樣子。」

不過話說回來，這房間真是慘不忍睹。

非得在這裡喝威士忌嗎？唉，應該買便宜一點的威士忌才對。

「我這不叫娘兒們樣，而是愛乾淨。妳今天又是這副邋遢的打扮啊。」

他一臉不悅地說道。

「今天我背了比較重的貨，有點累，剛才一直在睡午覺。啊，我有個好東西。你進來吧，很便宜喔。」

似乎是要談買賣的事，如果和賺錢有關，房間髒不髒就無關緊要了。田島脫下鞋子，選了一處比較像樣的榻榻米，穿著外套直接盤腿而坐。

「你喜歡吃烏魚子對吧？因為你愛喝酒。」

「那是我的最愛。妳這裡有嗎？那就妳請客吧。」

「開什麼玩笑，拿錢來買。」

絹子右手手掌直接伸向田島面前，一點都不難為情。

田島垂落嘴角，似乎已經受夠她了。

「看妳的所作所為，讓人覺得人生真是空虛啊。把妳的手縮回去。烏魚子我不要了，馬才吃那種東西。」

「你以為我會平白送你啊？真傻。我這是貨真價實的烏魚子，可好吃了。你就別抗拒了，快掏錢買吧。」

絹子搖晃著身軀，完全沒有要縮手的意思。

說來不幸，田島真的很愛吃烏魚子，喝威士忌時，只要有它當下酒菜，其他一概都可以免了。

「那就給我來一點吧。」

田島不甘願地在絹子手中放了三張大鈔。

「還要再四張。」

絹子若無其事地說道。

田島為之瞠目。

「臭娘兒們，妳別太過分。」

「真小氣，你就大方點買下一整塊吧。你這就像買鰹魚乾*時，叫老闆切一半，只買半邊，真是小氣到家。」

「好，那我就慷慨地買一整塊吧。」

這時，連娘兒們樣的田島也不禁大感光火。

「喏，一張、兩張、三張、四張，這樣總夠了吧。把手縮回去。真想看看妳父母長怎樣，居然生下妳這麼寡廉鮮恥的女兒。」

「我也想看啊，然後狠狠揍他們一頓。生下孩子就拋棄，就算只是根蔥，也還是會枯萎的。」

「原來是這麼回事。聊出身太無趣了，借我個杯子吧，接下來喝威士忌配烏魚子。嗯，我這裡還有花生，給妳吃吧。」

*切片的鰹魚乾，就是俗稱的柴魚片。

怪力（三）

田島用一口大杯子盛威士忌，三兩下就喝光杯裡的酒。今天原本盤算著要讓絹子請客才前來，結果卻被迫買下號稱「貨真價實」、貴得離譜的烏魚子，而且絹子轉眼就已將那一整塊烏魚子全部切片，一點都不覺得可惜，用一個髒碗裝，疊得小山一樣高，然後撒上滿滿的味精。

「吃吧。味精免費奉送，不用謝了。」

這麼多烏魚子根本吃不完，而且還撒上味精！根本就是胡搞。田島面露悲戚，就算是用燭火燒燬七張大鈔，也不會有這麼強烈的失落感。真是糟蹋，毫無意義。

田島抱著想哭的心情，從疊得像小山般高的烏魚子底下，伸手拈起一片沒撒到味精的烏魚子，放入口中細嚼。

「妳下過廚嗎？」

田島戰戰兢兢地問。

「這種事只要去做就會了。我只是嫌麻煩，才都沒下廚。」

「那洗衣服呢？」

「你可別瞧不起人啊，我也算是個愛乾淨的人。」

「愛乾淨？」

田島一臉茫然地環視那散著惡臭、一片荒涼的屋內。

「這屋子原本就髒，我無從整理。而且我還得做生意，所以屋子才會一直這麼零亂。讓你看看我的壁櫥吧。」

她站起身，在田島面前打開壁櫥。

田島為之瞠目。

壁櫥裡頭乾淨整齊，散發金光，甚至傳出一股馥郁芳香。衣櫥、梳妝檯、行李箱、鞋櫃上三雙小巧可愛的鞋子。換句話說，壁櫥正是這位烏鴉聲的灰姑娘不為人知的祕密化妝室。

絹子旋即又把壁櫥的門合上，動作粗野地在距離田島稍遠的位置坐下。

「一個禮拜漂亮打扮一次就夠了，反正我也不想討男人喜歡，平時這身打扮剛好。」

「可是妳這件工作褲也太誇張了吧？很不衛生呢。」

「怎麼會？」

「很臭。」

「你少裝高尚了。你自己不也是成天酒氣沖天嗎，聞了真不舒服。」

「我們這就叫作臭氣相投是吧？」

隨著醉意漸濃，這房間的荒涼感，以及絹子那形同乞丐的模樣，田島都已拋在腦後，於是心中的邪念再度浮現，打算展開他原本擬定的計畫。

「有人說，打罵才顯情深啊。」

又是一句不入流的調情話。不過，男人在這種情況下，就算是人們口中的大人物、大學者，也會用如此的蠢話向女人調情，而且往往能出奇致勝。

怪力（四）

「聽得到鋼琴聲呢。」

田島開始裝模作樣，瞇起眼睛，豎耳聆聽遠方的廣播聲。

「你也懂音樂？不過我看你這模樣，挺像音痴的。」

「傻瓜，妳不知道我是音樂通嗎。只要是名曲，就算聽上一整天也聽不膩。」

「現在這首曲子是什麼？」

「蕭邦。」

他信口胡謅。

「是嗎？我還以為是〈越後獅子〉*呢。」

兩名音痴展開一場雞同鴨講的對談。田島眼見氣氛炒不起來，於是趕緊轉移話題。

*以鄉土藝能「角兵衛獅子」為題材的一種日本地方舞曲，表演者頭上會戴著獅毛頭套。

「話說回來，妳以前總和人談過戀愛吧。」

「少蠢了，我可不像你這麼淫亂。」

「說話客氣點好不好！真是個粗俗的女人。」

田島備感不悅，又大口喝起了威士忌。照這樣看來，也許是行不通了。不過要是這樣就收兵，又有損他美男子的聲名。無論如何也要緊纏不放，將生米煮成熟飯。

「戀愛和淫亂是截然不同的兩回事，看來妳還什麼都不懂，就讓我來教教妳吧。」

以如此肉麻的口吻說出口，連田島自己都起了雞皮疙瘩。這樣不行。雖然時間還早，但還是佯裝喝醉直接躺下吧。

「啊，我醉了。空腹喝酒，醉得特別重。讓我在這裡小睡片刻吧。」

「這怎麼行！」

烏鴉聲轉為怒吼聲。

「你少瞧不起人！你在想什麼，我一清二楚。如果想在這裡過夜，得先付五十萬，不，是一百萬！」

每一招都失敗。

「用不著那麼生氣吧？我只是喝醉了，想在這裡休息片刻……」

「不行、不行，你快走。」

絹子站起身，打開門。

田島一慌，使出了最難看且拙劣的手段。他霍然起身，想一把抱住絹子。

這時，田島臉頰突然挨了一拳，他怪聲怪調慘叫一聲。田島頓時想起絹子那輕輕鬆鬆扛起四十公斤貨物的怪力，全身為之戰慄。

「饒了我吧，小偷！」

他莫名其妙地叫喊著，光著腳衝向走廊。

絹子冷靜下來，把門關上。

半晌過後，田島在門外喚道：

「呃，不好意思，請還我鞋子。……還有，如果有繩子之類的東西，請借我一用。因為我的眼鏡架斷了。」

在他身為美男子的生涯中，從未受過如此奇恥大辱，他感到怒火中燒，但還是把絹子遞來的紅帶子綁在眼鏡上，將那紅帶子掛向耳朵。

「謝謝！」

他彷彿在使性子似地大叫一聲，逃下樓梯，半途還不慎踩空，再度發出一聲慘叫。

冷戰（一）

田島還是捨不得他投注在永井絹子身上的資金。他從沒做過這麼不划算的生意，說什麼也得好好利用絹子一番，設法回本才行。問題就在要怎麼對付這個有一身怪力、驚人食量又貪得無厭的女人。

氣候轉暖，百花綻放，唯有田島獨自一人深陷憂鬱。那晚搞得灰頭土臉後，又過了四、五天，他換了新眼鏡，臉頰的腫痕也已消退，他這才重新打電話到絹子的公寓住處。他決定改打思想戰。

「喂，我是田島，上次我實在醉得不像話，哈哈哈。」

「女人獨自在外生活，多少會遇上各種事。我沒放在心上。」

「不，我之後也想了許多，我最後決定和那些女人分手，買間小房子，把鄉下的妻小找來，共組幸福的家庭。就道德上來說，這有什麼不對嗎？」

「我不知道你在說什麼，不過，男人全都一個樣，好像有了點小錢後，就會開始想這些小家子氣的事。」

「所以我才問妳，這麼做有什麼不對嗎？」

「這樣很好啊。你好像攢了不少錢呢？」

「別老談錢的事……這是道德上，也就是思想上的問題。妳怎麼看？」

「我沒什麼看法，這是你的問題。」

「當然了，話是這麼說沒錯，不過我認為這麼做是件好事。」

「既然這樣，那你就去做吧。我要掛電話了，我不想浪費時間在這種無聊事上。」

「可是對我來說，這是攸關生死的大問題呢。我還是認為得重視道德層面才行。請妳幫幫我，我想做好事啊。」

「很可疑喔。我看你是又想裝醉做蠢事了，我可不想奉陪。」

「妳何必這樣諷刺我？人生來皆有為善的本能。」

「我可以掛斷了嗎？你應該沒別的事了吧？我從剛才就一直很想小便，都快憋不住了。」

「請等一下，再一下就好。一天付妳三千圓如何？」

思想戰馬上改為金錢交易。

「含餐嗎？」

「不，這點請妳高抬貴手。我最近收入減少許多。」

「沒一萬免談。」

「那我提高到五千。請妳答應，因為這是道德上的問題。」

「我想小便。抱歉，失陪了。」

「五千圓，拜託妳接受。」

「你可真是個笨蛋。」

傳來一陣咯咯嬌笑。感覺她是答應了。

冷戰（二）

既然走到這一步，除了給絹子一天五千圓，將她澈底利用一番之外，不能再多給她一塊麵包或是一杯水，要盡情地使喚她，否則可就虧大了。對她談溫情是最大的禁忌，只會害自己走投無路。

儘管挨了絹子一拳，發出怪聲怪調的慘叫，田島卻從中發現反過來利用絹子這身怪力的方法。

田島的小妾當中，有個叫水原螢子的女人，是位畫技還不純熟的西畫家，還不滿三十歲。她在田園調布的公寓租了兩間房，一間當起居室，一間當畫室。當初水原帶著某位畫家的介紹信前來，紅著臉惴惴不安地說她希望能替《Obélisque》畫插畫，田島覺得她很可愛，就此決定在生計上給予協助。水原個性溫順，寡言少語，而且愛哭。但絕不是瘋狂嚎啕的那種低俗哭法。而是像女童般，哭得楚楚可憐，所以才惹人憐愛。

不過她有一點很棘手。她有個哥哥。長年在滿洲從軍，從小個性粗暴，而且似乎是位銅筋鐵骨的壯漢，當初聽螢子提及此事時，田島便暗覺不妙。情人的哥哥是中士或下士，這種角色早從浮士德的時代起，就對花花公子相當不利。

她的哥哥最近從西伯利亞撤回日本，似乎就住在螢子的起居室。

田島不想和她哥哥打照面，所以打電話到公寓，打算約螢子到外面談，結果碰了釘子。

「我是螢子的哥哥。」

傳來一名剛硬的男子聲音，聽起來就很孔武有力。他果然在螢子家。

「我是雜誌社的人，想和水原小姐談關於作畫的事……」

田島尾音發顫。

「不行。她感冒了，正躺著休息，應該暫時沒辦法工作。」

運氣真背，看來暫時沒辦法約螢子出來了。

不過，要是因為害怕她哥哥，而一直躊躇不前，無法和螢子分手，這樣對螢子也很失禮。螢子正因感冒臥病在床，而且她那從戰地回來寄宿她家的哥哥，想必也正缺錢吧。這樣也許反而是好機會。可以對病人獻上溫柔的慰問，然後悄悄遞上銀子。那位軍人哥哥總不會揮拳相向吧？也許他會比螢子更感激，主動上前握我的手呢。萬一他要動粗的話……到時候再躲在一身怪力的永井絹子背後就行了。

這樣才堪稱是百分之百的利用和活用。

「可以嗎？我猜應該是沒問題，不過那裡有個性情粗暴的男人，如果他掄起拳頭的話，到時候請您小露一手，將他制伏。放心，好像不是什麼厲害的傢伙。」

他對絹子說話的語氣，明顯變得客氣許多。

（未完）

人間失格

作　　者　太宰治
譯　　者　高詹燦
副 社 長　陳瀅如
總 編 輯　戴偉傑
主　　編　周奕君
行銷企畫　李逸文、張元慧、廖祿存
封面設計　POULENC
內頁排版　極翔企業有限公司
出　　版　木馬文化事業股份有限公司
發　　行　遠足文化事業股份有限公司(讀書共和國出版集團)
地　　址　231新北市新店區民權路108之4號8樓
電　　話　02-2218-1417　　傳　　真　02-2218-0727
Email　service@bookrep.com.tw
郵撥帳號　19588272 木馬文化事業股份有限公司
客服專線　0800221029
法律顧問　華洋法律事務所　蘇文生律師
印　　刷　前進彩藝有限公司
二版1刷　2019年7月
二版26刷　2024年7月
定　　價　新臺幣280元
ISBN 978-986-359-676-9

歡迎團體訂購，另有優惠，請洽業務部02-22181417分機1124、1135

特別聲明：有關本書中的言論內容，不代表本公司/出版集團之立場與意見，文責由作者自行承擔

國家圖書館出版品預行編目(CIP)資料

人間失格 / 太宰治著；高詹燦譯. -- 二版. -- 新北市：木馬文化出版：遠足文化發行, 民108.07
224面；14.8 × 21 公分

ISBN 978-986-359-676-9(平裝). --
ISBN 978-986-359-678-3(精裝)

861.57　　108006263